KB105147

귀환병사

요람 新무협 판타지 소설

FANTASTIC ORIENTAL HEROES

귀환병사 15

요람 新무협 판타지 소설

초판 1쇄 찍은 날 § 2014년 9월 24일
초판 1쇄 펴낸 날 § 2014년 10월 1일

지은이 § 요람
펴낸이 § 서경석

편집부장 § 권태완
편집책임 § 한준만

펴낸곳 § 도서출판 청어람
등록번호 § 제387-1999-000006호
등록일자 § 1999. 5. 31
어람번호 § 제2-2531호

주소 § 경기도 부천시 원미구 부일로 483번길 40 서경B/D 3F (우) 420-822
전화 § 032-656-4452 팩스 § 032-656-4453
http://www.chungeoram.com
E-mail § chungeorambook@daum.net

ⓒ 요람, 2013

ISBN 979-11-316-9217-2 04810
ISBN 978-89-251-3414-7 (세트)

※ 파본은 구입하신 서점에서 교환하여 드립니다.
※ 저자와 협의하여 인지를 붙이지 않습니다.
※ 이 책은 도서출판 청어람과 저작자의 계약에 의해 출판된 것이므로,
　무단 전재 및 유포 · 공유를 금합니다.

요람 新무협 판타지 소설

귀환병사

FANTASTIC ORIENTAL HEROES

15

도서출판 청어람

第百三十四章　혈육（血肉）

귀환병사

쩌렁쩌렁.

무린의 포효는 처절하면서도 슬프고, 애잔하기까지 했다.
제발 들어주었으면 하는 이가 있어서였다.

소요진에 고요한 적막감이 돌았다.

꿀꺽.

그 긴장감을, 적막감을 이기지 못한 누군가가 침을 삼켰다.
그 소리는 마치 천둥처럼 울려 퍼져 적막감을 산산조각 내버
렸다.

이들은 무인.

어둠이 내린 상황이라 하지만 마지막 일격을 주고받는 것을 확실하게 두 눈으로 확인했다.

그리고 승자가 누구인지도 확인했다. 목이 떨어진 자가 있고, 승리의 포효를 내지른 자가 있다.

"이, 이겼다……."

멍하니 나온 어떤 남궁세가 무인의 중얼거림에, 승자를 확인한 남궁세가 무인들이 고개를 끄덕거렸다.

승자는 정도의 주축이라 할 수 있는 남궁세가를 도우러 온 비천대의 대주. 비천객, 혹은 비천무제라 불리기 시작하는 진무린.

그가 승자다.

그는 서 있고, 소전신의 목은 잘려 하늘로 떴다.

이긴 것이다.

그러나 함성은 나오지 않았다.

왜일까? 아군의 사기를 올리기 위해서라도 함성은 나왔어야 한다. 그러나 입술에 끈끈한 아교라도 발랐는지 응당 나와야 하는 승자 측의 함성은 나오질 않았다.

대체 왜?

너무나 처절해서였을까?

그래서 이긴 게 기쁘지 않을 걸까?

이겨도 이긴 게 아닌 것처럼 보였을까?

그들은 이런 생사결은 단연코 처음 봤을 것이다. 보통 강호의 생사결은 결코 이렇게 흘러가지 않았다.

초식의 나눔. 내력의 나눔이다. 그러니 결국 무공 그 자체의 나눔이다.

긴박함이 있고 절박함도 있지만, 결코 강호인의 생사결은 이렇게 개싸움으로 펼쳐지지 않는다.

반드시는 아니지만. 대개가 그렇다.

강호인들은 체면을 중시하기 때문이다.

그런네 이선 뭔가.

처음에는 보통 강호인들의 생사결 같더니, 이내 지나갈수록 개싸움으로 흘렀고, 그 개싸움은 처절함이라는 공통적인 감정을 지켜보는 모두에게 선사했다.

평범에서 동떨어진 생사결.

그렇기 때문에 나와야 할 함성이 나오지 않았다.

저벅.

저벅저벅.

그때 침묵을 깨고, 누군가가 전장을 향해 걸어갔다. 시선은 순식간에 그 무인에게 돌아갔고, 곧바로 눈을 동그랗게 떴다.

"어?"

"저, 저분은……?"

희끗하게 센 머리를 가지런히 뒤로 묶은 장년의 사내. 남궁세가를 상징하는 푸른 무복을 정갈하게 차려입은 장년의 사내는 전대 검왕이다. 정도의 모든 무인에게 아직도 존경을 받아 마지않는 검의 왕.

호연화의 숙부.

아는 사람은 몇 안 되지만 무린에게는 작은 외할아버지가 되는 남궁무원이었다.

"어, 언제 오셨지?"

"이번 전쟁에는 끼지 않으시겠다고 하셨다 들었는데?"

순식간에 남궁세가의 진형이 술렁였다. 그럴 수밖에 없었다. 전대 검왕인 남궁무원은 이번 전쟁에 참여하지 않겠다고 이미 가주에게 전달한 상태였다. 검을 꺾진 않았으나 반드시 필요한 일이 아니면 결코 뽑지 않겠다고 한 그의 맹세는 이미 전 강호에 유명했다. 요 근래 한 번 뽑은 적이 있지만, 그건 세가에 침입한 살수 때문이었다. 뽑을 수밖에 없는 상황이었다는 소리다.

하지만 구양가와의 일전에는 검을 뽑지 않을 것이며 가주 남궁현성에게 알아서 하라고 했다는 밀은 이미 남궁세가 진체가 알고 있었다.

그런데 이 자리에 있다?

있다 못해, 전장을 향해 걸어간다?

왜?

무슨 연유로?

그런 생각이 남궁세가 무인들의 뇌리를 맴돌았다. 전혀 생각지 못한 전대 검왕의 출현이 준 효과였다.

이유를 아는 사람들은 극소수였다.

"이런……."

"……."

남궁철성이 난감하다는 목소리로 짧은 탄식을 흘렸다. 덩달아 그 옆의 창천대주, 남궁유성의 얼굴도 경직됐다.

외할애비가 상처 입은 손자에게 간다.

처절한 무쌍전을 치른 손자에게 간다.

그 어디에도 막을 수 있는 명분이 있을 리가 없었다. 비천객이 남궁세가의 직계라는 것은 비밀이다.

아는 사람은 꽤 되지만, 그래도 땅 끝에 숨은 절대적인 비밀이 되어야 했다. 남궁세가의 치부가 관계되어 있기 때문이다.

색마의 아들이기 때문이다.

정도의 거대한 기둥이고, 조정자이며, 검이자 방패의 역할을 하는 남궁세가의 직계가 색마의 아들이라 밝혀져 봐라.

대체 어떤 일이 벌어질 것인지… 생각도 하기 싫은 추문이 떠돌 것이다. 물론, 대놓고 남궁세가에 그 같은 말을 할 수는 없겠지만 뒤에서는 나라님도 욕한다고 하니 전 중원으로 퍼지는 건 순식간일 것이다.

게다가 대상이 아들도 아니고, 현재 남궁세가의 대모(代母)이자 대모(大母)인 남궁연화가 관계되어 있다는 사실이 밝혀지는 순간, 추문은 추문으로 끝나지 않고 남궁세가의 명성을 비롯해 그간 쌓아온 것을 기둥부터 갉아먹을지도 모르는 노릇이다.

설마 그렇게까지 하려고?

그런 생각은 어리석은 생각이다.

절대적이란 것은 존재하지 않으니 무슨 일이 벌어져도 결코 이상하지 않는 법이다. 그러니 차라리 그런 상황 자체가 오지 않게 숨겨야 한다.

밝히고 잘 풀리기를 바라는 것보다, 아예 안 밝히고 그냥 끝까지 숨겨 버리는 게 차라리 쉽기 때문이다.

그런 의미에서 지금 남궁무원의 행동은 옳지 못하다.

전대 가주와 현 가주가 여태까지 지켜온, 결사적으로 지켜온 비밀을 건드리는 행위였다.

"가주."

남궁철성이 뒤도 돌아보지 않고 저벅저벅 걸어가는 남궁무원의 등을 직시하고는 자신의 바로 뒤, 단상 위 의자에 앉아 있을 가주를 불렀다.

"음……"

남궁철성의 부름에 낮은 신음이 흘렀다.

주변에 다른 무인은 없었다.

오직 세가의 비밀을 아는 수뇌부만 있는 상태.

남궁현성의 신음에 모두의 얼굴이 미미하게 굳었다. 저 행동은 가주에게 정면으로 반하는 행동이다.

제아무리 검왕이라도 이래서는 안 되는 법이다.

"지금이라도……."

"그만."

누군가가 지금이라도 늦지 않았으니 말리자는 말을 꺼내려고 했다. 하지만 그 말은 남궁현성의 말에 끝까지 나오지도 못했다.

누굴 막는단 말인가?

남궁무원을?

절정에 도달한 무인도 무력을 측정하는 것 자체가 불가능한 경지에 오른, 수십 년 전의 검왕을 막는다고?

현 검왕조차도 감히 그 경지를 넘보는 것조차 허락하지 않는 남궁무원을? 전대의 검왕. 그는 이미 신화다.

"그대로 둔다. 생각이 있으신 분이니… 밝히지는 않을 것이다."

"하지만……."

"그만. 이대로 지켜본다."

"네, 가주."

말을 꺼냈던 장로가 나직하지만 단호한 남궁현성의 말에 고개를 숙였고 이내 물러나 다시 전방을 주시했다.

천천히 걷고 있지만, 어느새 그는 무릎을 꿇고 고개를 하늘로 치켜 올린 채 미동조차 없는 무린의 뒤에 도착해 있었다.

"……."

"……."

모두의 시선이 주목됐다.

정(正), 마(魔) 할 것 없이 남궁무원에게 시선을 고정했다.

*   *   *

"허어……."

지근거리에 도착해 기절한 무린을 잠시간 보던 남궁무원의 입에서 침통한 신음이 저절로 흘러나왔다.

엉망진창도 이런 엉망진창이 없었다.

의복은 거의 다 찢어져 중요한 부분만 겨우 가리고 있었고, 온몸에 흉터는 셀 수도 없이 많았다.

내리는 눈이 아직도 열기가 나는 몸에 녹으면서, 구정물로 변해 무린의 몸을 자연히 씻겨내 볼 수 있는 상처와 흉터들이었다.

지금 무린의 모습을 설명하자면… 그냥 엉망진창이다. 완전히 작살이 나버렸다. 배는 갈라졌는데, 그 안으로 하얀 근섬유가 보일 지경이었다. 한 치라도 깊었다면 아마 내장이 밖으로 흘렀을 것이다.

아니, 희미한 우윳빛 열기가 맴도는 걸 보니 내장이 쏟아져 나와도 이상하지 않을 부상을 입은 것 같았다.

"일류 덕에 살았구나… 허허."

남궁무원은 무린이 익힌 삼륜공의 존재를 알고 있었다.

그 존재를 일러준 건 당연히 무린의 어머니 연화였고, 그 이후 무린이 신공을 다룬다는 사실을 익히 알고 있었다.

호흡을 잡아보지도 않았지만 남궁무원은 무린이 살아있음을 알았다. 사자(死者)에게서 느껴지는 싸늘한 죽음의 향기가 하나도 느껴지지 않았다.

그 정도 경지에 오르면 그저 육안으로 보고, 기감으로 느끼는 것만으로도 죽었는지 살았는지가 파악이 가능하다.

아니, 절정만 넘어도 가능한 경지다.

다만 남궁무원은 그보다 더욱 많은 정보를 얻을 수 있었다. 어떻게 당했는지부터 시작해서 무슨 무공에 당했는지, 그 무공을 사용하는 사람이 누군지, 그 사람은 어디 단체 소속인지 전문가가 아니더라도 본인의 사고 능력과 연륜으로 전부 짐작할 수 있는 것이다.

남궁무원은 무린의 숨이 경각을 향해 달려가고 있다는 것을 깨달았다. 그러나 바로는 아니다. 아직 시간은 분명히 있었다.

복부의 자상은 분명히 심각하지만, 무린이 익힌 삼류공. 그중 일류가 결코 이 정도에 무너지지 않을 것이라는 것도 알았다.

하지만 그럼에도 의식을 잃었다.

'심력 소모가 컸어. 긴장이 풀린 것도 하나의 이유고.'

남궁무원은 전부 봤다.

연화의 부탁을 받고 이곳에 조용히 와서 무쌍전의 전부를 보고 듣고 느꼈다. 그 과정에서 당연히 무린뿐만이 아닌, 소전신 우챠이도 살펴봤다.

강했다.

그 나이에 어울리지 않는 무력이다.

무원의 기준으로 이제 겨우 불혹을 넘긴 우챠이는 소전신(小戰神)이라는 무명(武名)답게 확실히 뛰어난 무력을 보여줬다.

저 정도의 무력이라면… 당대 남궁세가주이자 검왕인 남궁현성과 겨뤄도 조금의 부족함이 없을 정도였다.

딱 봐도 무린보다 강했다.

무공만 아는 애송이라면 무린이 이기는 것도 이상하지 않왔다. 하지만 전신이라는 단어가 들어가 있듯이 소전신은 수 없이 많은 전투를 거쳐 온 자였다. 싸우고 싸우고 또 싸우기를 반복해서 자신의 무력을 제대로 깨닫고 확립한 사내였다.

실전경험은 물론, 그 패기와 투기는 남궁무원으로서도 별로 겪어 본 적이 없을 정도로 농도가 짙었다.

움직이는 것도 마찬가지.

단단한 내력과 힘.

일도양단의 기세로 휘두르는 쌍부는 위협적이기 그지없었다, 일격에 대지가 퍼펑 터지는 것만 봐도 알 수 있었다.

무식한 공격 일변도.

하수가 하면 오히려 역으로 당할 가능성이 농후하지만 우챠이 정도 되면 모든 공격 전부가 끔찍한 살초다.

일격을 뿌려대는 속도조차도 어마어마하기 때문이다. 그런데 무린은… 그런 우챠이를 상대해 목을 잘랐다.

잘한 일이다.

장한 일이다.

둘 보다도 높은 경지에 있는 자신이기에 객관적인 판단이 가능했고, 승기의 우세는 우챠이에게 있었다.

그런데도 승리했다.

우챠이의 실수와 단문영의 도움, 그리고 무린의 포기하지 않은 마음이 이뤄낸 결과였지만 뒤에 하나는 알아도 앞의 두

가지 이유를 남궁무원이 알 리가 없었다. 하지만 딱히 그걸 고민하지 않았다.

'고생했구나.'

그저 대견해 할 뿐이었다.

손자가 한 고생에 그저 박수를 칠 뿐이다.

스르롱.

남궁무원의 검이 검집에서 미끄러지듯이 뽑혀 나왔다. 구양가의 진형에서 일단의 무리가 걸어 나오는 걸 느낀 탓이다.

기세가 심상치 않았다.

동시에 뒤쪽, 본가에서도 일단의 무리가 나서기 시작했다.

우챠이의 친위대와 손자가 이끄는 비천대임을 남궁무원은 이미 느꼈다. 검을 뽑은 이유는 역시 견제하기 위함이었다.

"그만. 더 이상 다가오지 말라."

질퍽한 진흙을 말에 탄 채 지나온 우챠이의 친위대. 그들은 십 장 거리에서 남궁무원의 말을 듣고 잠시 멈췄다.

그러다 다시 움직이려는 찰나.

"내 경고를 무시하지 않는 게 좋을 것이야. 초원의 전사들아."

말이 끝남과 동시에 남궁무원의 검이 가볍게 그어졌다. 말 그대로 가볍게 사르르 어둠을 그었다.

그러나 그 행동의 결과는 결코 가볍지 않았다.

촤라라락!

내리던 눈발이 휘날리고, 친위대 일 장 앞의 대지가 깊숙이 파였다. 도랑처럼 파인 선은 남궁무원의 검이 움직임이 끝난 즉시 만들어졌다.

그야말로 엄청난 쾌검이다.

근데 단지 쾌검 정도가 아니었다.

파라라락!

떨어지는 눈송이가 사방팔방으로 풍이라도 맞은 것처럼 비산했다. 기곡성까지 울려 퍼지는 것 같았다.

친위대가 입고 있던 장포가 선이 그어진 직후 광풍에 맞은 것처럼 펄럭였다. 그건 검이 긋고 나간 이후, 뒤늦게 날아온 풍압 때문이었다.

무시무시한 일격.

거리가 부족해 친위대를 맞추지 못한 것일까?

설마, 절대 아닐 것이다.

이 정도 무력을 보여주는 이가 거리 감각이 부족할 리는 절대로 없었다. 못 맞춘 게 아닌, 안 맞춘 것이다.

경고.

분명 처음에 했던 경고. 구두 경고에 이은 무력 경고였다.

"……."

"……."

친위대 사이로 정적이 흘렀다.

그때, 가장 선두에 있던 친위대원 하나가 자신의 무기를 바닥에 툭 던지더니 천천히 앞으로 말을 몰아 나왔다.

오직 그 혼자만 나왔기에 남궁무원은 별다른 제지를 하지 않았다. 어느 정도 거리까지 도달한 그가 입을 열었다.

그리고 뭐라 뭐라 떠들었다.

"흠."

남궁무원은 난처한 표정이 됐다.

북방의 언어라 알아들을 수가 없었던 것이다. 그러나 도움을 줄 사람은 있었다. 어느새 빠르게 다가온 염소수염을 가진 비천대원 하나가 통역을 시작했다.

"친위대 부대주랍니다. 대주의 시신을 찾아가고 싶다고 합니다. 킬킬킬!"

"음……."

끝에 웃는 게 조금 거슬리긴 했지만 비천대원이니 너그러이 용서가 됐다. 다시 혼자 나선 친위대의 부대주를 보자 얼굴이 파르르 떨리고 있었다. 어둠 속이지만 꽉 깨문 입술 사이에서 한 줄기 선혈이 흘리는 것도 볼 수 있었다.

분노.

꽉 쥐어진 주먹에서도 피가 흐르고 있었다.

적의.

그럼에도 경거망동하지 않는 이유는 자신의 존재 탓이라 생각했다. 참을성이 있다. 본능의 경고를 확실하게 듣고 있는 것 같았다.

생사결은 과정도 중요하지만 결말도 중요하다.

승자에게 취할 예가 있듯이, 패자도 응당 받아야 할 예가 있다. 숭고한 무인의 시신을 훼손하는 것은 감히 상상도 못할 악독한 짓이다.

저들의 요구는 정당한 것.

남궁무원은 고개를 끄덕였다.

"가져가라 하게."

"넵!"

남궁무원의 말에 염소수염의 사내. 갈충이 잽싸게 대답하고는 곧바로 통역을 했다. 그러자 조심히 친위대 부대주가 말에서 내려 다가왔다.

천천히 다가오는 그의 신형은 바르르 떨리고 있었다. 아마, 점차 다가올수록 이미 차가운 시신이 된 소전신 우챠이의 시체가 점차 뚜렷하게 보여서 일 것이다.

참혹할 것이다.

무린도 무린이지만, 우챠이도 깔끔하게 목만 잘린 게 아니었다. 신체도 신체지만 수급은 정말… 처참했다. 여기저기 맞아서 멍이 든 것은 물론이요, 부릅뜬 두 눈. 새빨갛게 물들어

버린 눈을 보자면 마치 원통해 피눈물을 흘리는 것 같았다.

크으으……

억눌린 신음이 흘러나오는 건 당연했고, 철픽! 무너지듯 무릎을 꿇어버린 것도 당연한 일이었다.

목 놓아 통곡하지 않았다.

다만 가슴으로 처절하게 울고 있었다.

그랬을 것이다.

명군에게는 악마였겠지만 아군에게는 승리의 화신이었을 것이다. 소전신이 미쳤다는 소리는 그 어디에도 없었다.

지독한 투기로 무장한 철혈의 전사라고 알려졌을 뿐이다. 북방에서는 존경을 받을 만한 무인일 것이다.

그곳은 힘, 강함 그 자체를 숭상하는 곳이니까.

까드득!

이를 악물더니, 이내 고개를 들어 붉게 충혈된 눈으로 남궁무원을 보며 입을 열었다. 그러나 남궁무원은 당연히 못 알아들었고, 갈충이 다시 통역해 주고 나서야 알아들었다.

"승자가 원하는 걸 말하랍니다. 킬킬킬!"

"원하는 걸? 내기가 걸린 전투였던가?"

"아닐 겁니다. 초원의 법칙이겠지요. 킬킬!"

"초원의 법칙이라… 음, 들어본 것 같군."

생사결 자체가 가지는 의미다.

이쪽은 명의 풍습을 가지고 있으니 패자에게 뭔가를 주장하지 않는다. 패자도 승자의 요구에 응하지 않는다.

하지만 반대로 북원은 다르다.

패자에게 요구할 권리를 갖고, 승자의 요구에 응할 책임을 갖는다. 무린과 우챠이가 서로 합의하지 않은 사항이다.

그러나 초원의 율법을 따르려는 것은 우챠이의 이름에 먹칠을 하기 싫은 친위대 부대주의 생각이었다.

"제가 말해도 되겠습니까."

"음⋯⋯."

가만히 옆으로 다가온 여인은 무혜였다.

남궁무원은 차갑게 굳은 무혜의 얼굴을 보고 저도 모르게 신음을 흘렸다. 누군지 안다. 당연히 안다.

귀를 닫고 산 게 아니니 무혜가 전대 문성, 개인적으로 친분도 있었던 한명운의 숨겨진 제자라는 것을 알고 있다.

슬글슬금 천리통혜(千里通慧)라는 이름으로 불리는⋯ 어여쁜, 생에 처음으로 만나는 외손녀아가다.

상황이 상황이니 반가운 척을 할 수도 없다.

그러니 부지불식간 신음이 나왔다.

"제가 요구해도 괜찮을까요?"

"그러려무나."

다시 나온 차가운 무혜의 말에, 남궁무원은 고개를 끄덕이며 대답했다. 어떤 요구를 할지는 모르지만 차마 거절할 수 없었다.

작은 몸에서 나오는 박력도 엄청났다.

서슬이 퍼런, 차갑게 굳은, 지금 내리는 눈발보다 더욱 한기가 몰아치는 얼굴과 눈빛을 하고 말하니 천하의 남궁무원도 도저히 거절할 수가 없었다.

허락의 대답을 받은 무혜가 고개를 돌려 어느새 소전신 우챠이의 시신을 수습하고 대지에 턱 하고 선 친위대를 보며 말했다.

"절대 도망치지 말라고 해주세요."

"잉?"

갈충이 그 말에 놀라 얼굴을 돌렸다.

이 무슨 밑도 끝도 없는 소리란 말인가? 그러나 금방 아아! 킬킬킬! 하고 웃음을 흘렸다. 그러더니 곧바로 무혜의 말을 친위대에게 전달했다.

꿈틀.

친위대의 어깨부터 발끝까지, 전신으로 미약한 떨림이 지나갔다. 그러더니 무혜를 보고 희죽 웃었다.

살기가 짙다.

덕분에 무혜의 얼굴이 찰나간 찌푸려졌다.

슥.

살기를 느끼고 무혜의 변화를 곧바로 감지한 남궁무원이 검을 둘 사이를 가로 질러 뻗자 살기가 그대로 찢어졌다.

무혜의 표정은 바로 정상으로 다가왔다.

차갑다. 눈동자가 완전히 북풍한설로 변해 버렸다. 친위대 부대주가 웃은 것처럼 무혜의 입가에도 미소가 번졌다.

그 미소를 본 남궁무원의 눈살이 미미하게 찌푸려졌다. 저 미소가. 살소(殺笑)라는 것을 알기 때문이었다. 무혜의 미소는 너무나 적나라한 감정을 담고 있었다. 외손녀아가가 그런 감정을 담고 있는 게 걱정되는 남궁무원이었다.

척.

친위대 부대주는 돌아섰다.

그가 사라지자 남궁무원도 무린을 조심히 안았다. 지금 무린이 의식을 잃은 이유는 첫째가 급격한 체력, 심력, 공력 소모에 의한 탈진이 주원인이고, 그 다음이 전신에 입은 부상이다. 이제는 위험하다.

전장의 마무리를 하느라 시간을 너무 허비했다. 제시간에 치료를 받지 않으면 작은 병도 큰 병이 되는 것처럼, 지금은 무린을 치료해야 할 시각이었다.

"따라오너라."

남궁무원이 무린은 안은 상태에서 몸을 날렸다.

휭.

남궁무원의 신형이 어느새 저 멀리 날아가기 시작했다. 훨훨 날아가는 새처럼, 구름 위를 거니는 신선처럼 어느새 전장에서 벗어났다.

잠시 멍하니 그 보습을 보던 갈충은 저만치 달려가고 있는 무혜를 보고 급히 뒤따르기 시작했다.

눈은 계속해서 내렸다.

약해지기는커녕 아예 함박눈이 되어 소요진 전체를 더욱 어둡게 만들기 시작했다. 강제적인 전투의 종료다.

이런 어둠은 양측 모두의 전력을 깎아 먹는다. 제대로 된 일전을 치르기에는 결코 적당하지 않았다.

"경계를 확실히 하거라. 이 아이가 눈을 뜨기 전까지 결코 적의 침입을 허락하지 말아야 할 것이다."

어느새 진형에 도착한 남궁무원이 무린을 안고 지나가면서 툭 내던진 그 말에 남궁세가 무인들이 모두 깊게 고개를 숙였다.

그는 신화에 해당하는 검사.

남궁세가가 자랑하는 최강, 그리고 무적의 무인.

받는 존경은 이루 말할 수 없을 정도다.

즉각 말에 대한 반응이 나왔다.

누가 시키지도 않았는데 무인 전체가 넓게 퍼져 경계를 서기 시작했다. 눈을 부릅뜨고 사위를 살폈다.

그 모습은 마도의 기습을 죽어도 허락하지 않겠다는 절대적인 의지를 표현하는 것 같았다. 설령 기습이 있다 한들 죽어도 막아내겠다는 투지를 발산했다.

"막사 하나를 비우거라."

검왕의 명령이다.

즉각 막사 하나가 싹 비워졌다.

깨끗한 침상에 무린을 눕힌 남궁무원.

손을 가져다 대려는 찰나 막사의 휘장이 거칠게 걷혔다.

"진 공자!"

"음?"

안으로 들어선 이는 낯선 여인이었다. 뒤는 자신의 손녀아가, 그 뒤도 여인. 그 다음도 여인이었다. 젊은 여인 넷이 막사로 들어서고 그 뒤로 줄줄이 비천대 조장들이 들어왔다. 큰 막사였지만 어느새 꽉 차 좁아져 버렸다.

가장 처음 들어온 여인이 급히 달려와 무린의 손목을 잡았다. 너무나 빠른 움직임에 남궁무원은 슬쩍 옆으로 자리를 비켰다.

손목. 맥을 잡자마자 눈을 감는 젊은 여인의 행동을 보니 딱 봐도 의원이다. 허리에는 작은 명패가 있었는데, 검문(劍門)이라는 단어가 양각되어 있었다.

호오.

남궁무원쯤 되면, 남들이 모르는 이야기를 많이 알기 마련이다. 그중에는 의선녀에 대한 이야기도 있었다.

당대의 의선녀 이름도 물론 알고 있었다. 나이도 알고 있었고 성정도 알고 있었다. 그러나 지금 무린의 손목을 잡고 있는 여인은 모든 면에서 당대 의선녀와는 달랐다.

"휴우……."

깊은 한숨.

안타까운 한숨이 흘러나갔다.

"아가야. 이 아이가 많이 안 좋으냐?"

"예? 예, 예. 어르신……."

흐음.

남궁무원의 인상을 찌푸려졌다.

"내가 느끼기에 아직 숨이 넘어갈 것 같진 않다만."

"예, 어르신. 진 소협은 죽지 않을 거예요. 손을 안 써도 자력으로 살아남으실 분이죠. 지옥에서 불굴의 정신력으로 기어 나오는 것처럼… 하지만 늦으면 그 시간이 너무 오래 걸릴 거예요."

"그렇구나."

"예전에도 그랬지만… 오늘도 정말 참담하게 망가졌네요."

까드득!

그 말이 나옴과 동시에 막사 안에서 이가 갈리며 소름끼치는 소음이 울렸다. 누군지 볼 것도 없었다.

무혜였다.

"정심 아가씨. 부탁드립니다."

무혜가 다가와 이를 악물고, 눈물을 그렁그렁 매단 눈으로 정심을 애처로이 쳐다보며 말했다. 말은 길지 않았지만 그 어떤 말보다 절절했다.

"네, 걱정 마세요. 이미 한 번 진 공자는 이런 부상을 입은 적이 있어요. 지금도 마찬가지네요. 진 공자가 익힌 기공이 그의 목숨을 훌륭하게 살렸어요. 그 기공에 힘만 더해주면 차도가 빠를 거예요."

"……."

무혜는 정심의 손을 잡고 고개를 푹 숙였다.

"부탁… 드립니다."

끊어지는 무혜의 말에 정심은 웃었다.

의원으로서 걱정을 덜어주기 위함이었다.

"걱정 말아요, 진 소저."

그러더니 고개를 들어 막사 전체를 돌려보는 정심. 눈빛은 명백한 의도를 품고 있었다. 바로 이제 그만 나가라는.

비천대 조장들은 이를 악물고는 밖으로 나갔다.

나가지 않은 사람은… 다섯.

여인들은 전부 나가지 않았고 남궁무원도 나가지 않았다.

정심이 바라보자 남궁무원이 조용히 말했다.

"나는 여기 있겠다. 내 손자의 아픈 모습을 눈에 새겨두고 싶구나."

쿵.

그 말에 심장에 돌이라도 떨어진 모양인지 떨던 무혜가 고개를 번쩍 들었다. 손자? 그렇다면 할아버지라는 소리다.

친할아버지는 없으니 외가 쪽이다.

무혜가 가만히 바라보자, 남궁무원이 천천히 입을 열었다.

"연화의 숙부가 되는 사람이다. 이 이야기는 나중에 하고, 아가야. 치료부터 부탁하마."

"예? 예, 예. 어르신……."

후우…….

정심은 한차례 심호흡을 깊게 하고, 등짐을 내려놓고 풀기 시작했다. 갖가지 도구가 나오기 시작했고, 이어 정심이 이옥상과 단문영에게 명령 아닌 명령을 내리기 시작했다.

벗겨낼 것도 없는 무린.

마비산을 탄 탕약을 무린의 입에 흘려 넣는 것을 시작으로… 정심의 손이 전에 없이 바빠지기 시작했다.

* * *

막사는 비천대가 전부 막아섰다.

주변을 물 샐 틈도 없이 꽁꽁 둘러싸고는 아예 무기까지 뽑아들고 경계를 하니, 그 기세가 남궁세가 전체에 퍼져 가기 시작했다.

그들의 기세는 딱 한 가지 의지를 표현하고 있었다.

그 누구도 접근시키지 않겠다.

바꿔 말하면 정심의 의술을 펼치는 걸, 무린이 치료를 받는 걸 절대로 방해하지 못하게 하겠다는 뜻이었다.

"못 들어갑니다."

"나도 안 되나?"

"네."

무린을 찾는 사람들을 상대하는 건 김연호였다. 대도를 등에 비껴 맨 김연호는 남궁세가 무인들이 찾아올 때마다 나서서 상대했는데 그 누구도 막사 근처에 접근하는 걸 불허했다. 물론 김연호 혼자가 아닌, 비천대 전체의 기세가 합쳐지니 웬만한 무인은 사실 얼씬도 못했다. 그리고 지금 김연호가 상대하고 있는 무인, 중천도 마찬가지로 막아섰다.

"……."

"……."

앳된 얼굴이 아직도 남아 있는 김연호를 중천은 지그시 바라보았고, 그런 중천의 눈빛을 김연호도 지지 않고 받아쳤다.

기세싸움?

맞다.

중천은 자신을 막아선 김연호가 조금은 서운했다. 자신과 무린이 어디 보통 사이인가? 자신은 무린의 형이자, 무사부라 해도 결코 부족하지 않았다. 스스로 그걸 어디 가서 얘기하고 다니지는 않았지만, 그래도 무린을 무(武)의 길로 이끈 것에 대한 자부심은 있었다. 그런데 이렇게 타인 취급이라… 하지만 그럼에도 남궁중천은 이해했다. 지금이 어디 보통 상황이던가? 비천대의 끈적한 전우애는 익히 알고 있다. 그 누구도 무린의 치료를 방해하지 못하게 하고 싶은 마음은 분명하게 이해하고 있었다.

이건 시작부터 끝까지, 하나의 사심도 없이 전무 무린을 위한 것. 자신의 동생을 위한 것. 이렇게 중천은 이해하기로 했다.

"후우……."

그러나 걱정되는 마음은 어쩔 수 없었다.

그때 일단의 무리가 뒤에서 나타났다. 새하얀 의복을 갖춘 노년의 문사. 아니, 의원이 가장 선두에 있었다.

그가 남궁중천의 옆에 서더니 예와 함께 입을 열었다.

"남궁세가 청천원의 부원주, 남궁현태라 합니다. 비천객의 상세를 보러 왔습니다."

깍듯한 예와 어조였다.

"비천대 김연홉니다. 죄송하지만……."

김연호는 그 말을 받았지만 뒷말은 흐렸다. 하지만 뭔가 망설여지는 게 있어서 그런 게 아니었다.

단호한 표정이 말해주고 있었다.

당신이 의원이라도 들어갈 수 없다는 것을.

"안에 의원이 있습니까?"

"그렇습니다."

"얼마나 뛰어난 의원인지는 모르겠으나 본인도 그렇게 떨어진다 생각하진 않습니다."

"……."

"또한 하나보다 둘이 낫다는 말은 김연호 소협도 알 거라 생각합니다."

"……."

남궁현태의 말에, 김연호는 대답하지 않았다. 물론 이 또한 할 말이 없어서 대답을 못 한 게 아니었다.

불가(不可).

들어갈 수 없다.

그걸 표정과 침묵으로 표현하고 있었다.

비천대의 기세가 김연호의 행동과 버무려지기 시작했다.

절대, 절대 불허한다. 그 누구도 들어갈 수 없다.

싸늘한 기운이 공간을 잠식했다.

그것은 살기였다.

아무리 그래도 이건 아니라는 생각에 남궁중천의 눈동자가 미미하게 찌푸려지려는 찰나, 차분한 목소리가 묘한 울림을 가지고 퍼졌다.

"환자를 앞에 두고 기세를 피우는 이들이 어디 있나. 그만들 하시게."

나직했지만, 모두의 귀에 송곳처럼 파고들어 각인이 되는 그 말에 비천대의 기세가 씻은 듯이 사라졌다.

이 목소리 주인의 말이 맞는 말이었기 때문이다. 실수였다. 무린이 또다시 심한 부상을 입자 제아무리 비천대라고 할지라도 평정을 유지하기가 힘들었다.

실수를 깨달은 즉시 비천대는 기세를 죽였다.

다만, 고요함 속에 칼날은 여전히 숨겨두고 있었다.

"그리고 현태, 그 아이는 들여보내 주게. 실력 있는 친구이니 이 아이의 보조를 잘 맞춰줄 게야."

현태.

못해도 오십은 넘어 보이는 남궁현태를 아이라고 불렀다. 시선이 남궁현태에게 팍 꽂히자, 그가 난감한 얼굴로 뒷머리를 긁적거렸다.

먹구름이 하늘을 가득 매우고, 눈발이 날리는지라 잘 안보일 뿐이지, 아마 분명 얼굴은 붉게 달아올랐을 것이다. 여기저기서 피식거리는 웃음이 흘렀다.

"……."

김연호가 남궁현태를 빤히 바라보다 길을 열었다. 단지 옆으로 물러선 거지만, 그것은 들어가도 좋다는 허락의 표현이었다.

큼큼!

헛기침을 한 남궁현태기 안으로 들이갔다. 그의 뒤를 이어 청천원의 의원들이 들어서려하자 김연호는 다시 길을 막았다.

"당신들은 안 됩니다."

"저, 저희도 청천원의 의원입니다만……."

"안 됩니다."

단호한 목소리였다.

그러자 안절부절 못하는 의원들.

김연호가 이러는 이유는 당연히 이들이 남궁세가이기 때문이다. 지금이야 정마전쟁 때문에 동맹이지만, 이 전쟁만 끝나면 곧바로 남궁세가와는 전쟁 상태로 돌입한다. 무린이 비천대를 이끄는 근본적인 이유는 하나다.

남궁세가에 불모로 잡혀있는 어머니를 모시는 것.

그런 남궁세가의 의원에게 무린을 맡긴다? 의식조차 없는 상태의 무린을? 절대로 용납 못할 일이다.

만약 그런 순간이 온다면, 당장 목숨이 경각에 걸렸을 때, 그리고 그 순간에 의원이 남궁세가의 사람밖에 없는 그런 순간일 것이다. 물론 적으로 대립 구조가 확고하게 세워진 상태라면 그마저도 안 하겠지만.

"돌아들 가게."

"네? 네, 네."

중천의 말에 청천원의 의원들이 그에게 예를 표하고 뒤로 물러났다가 등을 돌려 왔던 길을 돌아갔다.

김연호도 뒤로 몇 걸음 물러났다.

그런 그의 뒤로는 비천대 조장들이 전부 일렬로 쭉 앉아 막사로 들어가는 휘장 앞을 막고 있었다.

*   *   *

막사 안은 피비린내로 가득했다.

무린의 외상은 깊었다.

내상은 삼류공의 공능으로 제대로 보호받았지만, 마지막에 우챠이의 대부가 훑고 지나간 복부의 자상은 범인이라면 이미 출혈로 죽고도 남았다. 일류이 결사적으로 막지 않았다면 무린도 아마 죽었을 것이다.

정심은 가장 먼저 복부의 상처를 살폈다.

깨끗하게 소독한 후, 명주실을 이용해 꿰매는 것으로 치료는 끝났다. 정말 다행이게도 우챠이의 대부는 살만 갈랐지 다른 부분은 건드리지 않았다. 심지어 근육조차 손상이 없었다. 천운이었다.

복부의 상처를 치료하자 그 뒤로는 더욱 빨라졌다. 게다가 청천원의 부원주, 남궁현태가 가세하면서 무린의 치료는 더욱 탄력을 받았다

두 시진.

"휴우… 이제 됐어요."

무린을 치료하는데 걸린 시간이었다.

그 모든 것을 지켜보던 남궁무원은 고개를 끄덕이고는 조용히 입을 열었다.

"고생했구나."

"아니에요. 이게 제 일인걸요."

미약하게 웃으며 겸양의 대답을 하는 정심을 보고 남궁무원은 고개를 끄덕이고는 한차례 푸근하게 웃었다.

"연정. 그 아이에게 잘 배웠나보구나."

"어?"

남궁무원의 말에 정심이 피에 젖은 손을 씻다 말고 놀라 남

궁무원을 바라봤다. 동그랗게 뜬 게, 딱 봐도 놀란 모습이었다.

"저희 스승님을 아세요?"

"그럼, 알다마다. 아주 잘 알지. 허허, 거기 너는 검후의 제자구나. 느껴지는 기세가 깊이만 다르지 똑같구나, 똑같아."

남궁무원의 말에 이옥상은 얼굴에 미소를 짓고 남궁무원에게 깊게 고개를 숙였다. 존장에게 보이는 예였다.

그에 남궁무원은 다시 고개를 끄덕였다.

분위기는 남궁무원의 말에 밝아졌다.

그러자 무혜가 정심에게 다가왔다. 남궁현태가 오기 전엔 그녀도 정심을 도왔던 지라 옷은 엉망이었다.

물론, 얼굴은 더 엉망이었다.

수심(愁心) 때문에 시꺼멓게 죽은 얼굴, 터지고 갈라지고 찢어져 피가 덕지덕지 묻었다가 굳은 입술.

"저, 오라버니는……."

"아, 괜찮아요. 진 공자님이 워낙에 특이한 걸 익히셔서요. 정말 심해보이긴 했지만 그건 외형뿐이었어요. 잘 쉬면 며칠 내로 의식을 차리실 거예요."

며칠 내로 의식을 차린다는 것 자체가 사실 중상이라 봐야 했다. 그런데도 이렇게 말하는 건 역시 진실을 슬쩍 이용해 무혜를 안심시키려는 의도가 들어 있었다.

"네······."

하아······.

무혜의 대답 이후, 가만히 서 있던 려의 깊은 한숨이 흘러나왔다. 그녀는 무린의 치료 내내 두 손을 꼭 모으고, 무릎을 꿇은 채 기도를 올렸다. 그녀가 도울 수 있는 것은 없었다. 그래서 할 수 있는 것, 오직 무린의 무사기원만 올렸다.

단문영은 만독문의 여인인 만큼 의술에 대한 조예가 어느 정도 있었다. 그러나 당연히 의선녀 정심만큼은 아니었다. 그래서 정심의 수발을 들었다. 남궁헌대가 들어오고 나서도 단문영은 정심을 돕는 걸 멈추지 않았다.

알 수 없는, 속을 꽁꽁 숨긴 표정으로 오히려 의연하게 정심을 도우는 그녀의 행동은 묘한 느낌을 주기에 충분했다.

하지만 아무도 그것에 대해 입을 열지 않았다.

그걸 말하기에는 이 자리가 너무나 처참했기 때문이다. 선혈이 낭자하는 곳이다. 게다가 그런 걸로 심력소모를 해서는 더더욱 안 되는 곳이다.

어쨌든 단문영은 그렇게 무린을 치료하는데 손을 보탰다.

그리고 전부 끝난 지금, 막사 한구석에 가만히 주저앉아 숨을 몰아쉬고 있었다. 입술을 꽉 깨물고 있는 모습.

엉망이었다.

무혜도, 려도, 단문영도.

"이거 참……."

분위기 전환이 쉽지 않음을 느낀 남궁무원이 혀를 찼다. 하지만 이 분위기를 끝내긴 끝내야 한다는 생각에 다시 입을 열었다.

"그럼 이제 잘 쉬기만 하는 걸로 끝나는 게냐?"

"네, 어르신."

"그래, 그럼 나는 이 아이들과 할 얘기가 있으니 손자 녀석의 간호를 부탁하마."

"네. 네? 네, 그럴 게요……."

그에 남궁무원은 가타부타 더 이상 말없이, 무혜와 려, 단문영까지 포함해 셋에게 시선을 일일이 맞췄다.

"너희들은 나 좀 보자꾸나. 허허, 우린 할 얘기가 많이 보이는구나."

"예……."

힘겹게 나오는 무혜의 대답.

지쳤다.

너무나 지친 상태였다.

무린에 대한 걱정은 지대한 심력의 소모로 이어졌다. 무린의 치료를 돕고, 그 후에 지켜볼 때는 도저히 맨 정신을 유지할 수 없을 정도였다.

그럼에도 이를 악물고 버틴 이유는 역시 오라버니이기 때문이었다. 이 세상에서 월이와 같이 유일하게 자신의 옆에 있어주는 친혈육이었기 때문이었다.

그리고 의무.

그녀에게는 반드시 무린의 모습을 두 눈에 담아야 하는 의무도 있었다. 그래야… 무린을 이렇게 만든 북원의 전사들에 대한 복수심을 마음속 깊게 벼려놓을 수 있으니까.

하지만 그래도 남궁무원의 말은 거절할 수 없었다. 아니, 그 말을 거절할 이유 자체가 없었다.

사실 지금까지 남궁세가의 일은 전부 무린이 알아서 했다. 오라버니인지라 맡긴 것도 있었고, 의지하고 싶은 것도 있었다.

더 솔직히 말하자면… 그 어린 날 어머니가 했던 말이 무혜를 묶어 놓고 있었다. 계속해서 같이 있었다면 그 말은 희미해 졌겠지만, 오히려 떨어지고 말았기에 그리움과 더해져 어머니 호연화가 남긴 말은 무혜에게 일종의 주박이 되었다.

그런데 지금은 아니다.

지금의 무혜는, 이제 무린에게 모든 것을 맡겨놓고 있을 생각이 없었다. 아주 조금도. 모든 것을 짊어진 무린이 지금 이꼴이다.

이 꼴을 또 보라고?

또?

또……?

못할 짓이다.

피곤과 과도한 심력소모 탓에 정말 꼴이 말이 아닌 얼굴이었지만, 이어지는 생각 탓에 눈빛만은 다시 평소의 무혜로 돌아왔다.

그걸 남궁무원도 바로 파악했다.

그 정도 되는 무인이 눈빛의 변화를 못 알아챈다는 것은 말도 안 됐다. 게다가 손녀아가라고 그렇게 뚫어져라 보고 있었으니 말이다.

"할 말이 많은가 보구나."

"예, 많습니다."

아주… 많다.

정말 너무 많아 써놓지 않으면 전부 묻지도 못할 정도로 많았다. 까드득! 그런 탓에 이가 갈렸고, 눈빛은 더 싸해졌다.

허허.

그래도 남궁무원은 웃었다.

수염을 한차례 만지더니 등을 휙 돌렸다.

"따라오너라."

"예."

남궁무원이 나간다.

그때 려가 조용한 목소리로 말했다.

"어르신, 저는 여기 있겠습니다."

"그러려무나."

사악.

휘장이 열리고 남궁무원과 무혜, 단문영이 사라졌다. 그리고 동시에 비천대 조장들이 우르르 들어섰다.

괜찮습니까?

저희 대주는요?

혹시 잘못된 건…….

야, 이 새끼야!

갖가지 통제되지 않은 질문에 정심이 난감한 얼굴을 하자, 이옥상이 검집째로 앞을 가로막고 쉿, 이라는 소리를 하고 나서야 질문은 가라앉았다.

그 시간 남궁무원을 포함한 셋은 이미 옆 막사로 들어가 각자 자리를 잡고 앉았다. 여유가 있는 남궁무원의 모습.

남궁무원이 직접 차를 내오고 나서야 대화가 시작되었다.

"어머니는 건강하신가요?"

"……."

대화의 시작은, 당연히 어머니… 호연화였다.

第百三十五章 각자의 사정

귀환병사

"가주."

"……."

남궁철성의 부름에 눈을 감은 남궁현성의 눈은 떠질 줄을 몰랐다. 마치 수행 중인 승려와 같은 행동에 하아, 한숨이 나오는 남궁철성이었다.

남궁현성이 이런 상태가 된 것은 남궁무원이 진무혜를 데리고 따로 막사 안에 들어갔다는 말을 전하고 나서부터였다.

지금 남궁현성의 머릿속은 아마 엄청 복잡하게 꼬였을 것이다. 사실 남궁가 대모의 일은 세가 내에서도 비밀이다.

알고 있는 사람은 정말 극소수. 하지만 극소수라는 것은 알고 있는 사람이 몇 명은 있다는 뜻이다.

당연히 남궁무원도 알고 있다. 그리고 그는 처음부터 반대했었다.

천륜을 끊어낸다니. 그게 가당키나 한가!

그 당시 무시무시한 일갈을 내지른 남궁무원은 그 이후부터 공식석상에서 모습을 감췄다. 그 어떤 일에도 나서지 않았다.

스스로 꼭 필요할 때가 아니면 이 검을 뽑지 않겠다고 천명한 것도 그때였다. 그 이후 연화원 주변에 거처를 잡은 남궁무원은 지금까지 나서지 않았다.

세가의 절대적인 위기라고 할 수 있는 구양가와의 일전에도 나서지 않았다. 그가 지금 이곳에 있는 것은 남궁가를 위해서가 아니라 대모의 아들과 딸을 위해서였다. 그것은 물어보지 않아도 명백했다.

수를 세기도 힘들 정도로 세가의 무공을 배운 이들이 죽었다. 천하제일가를 지탱하는 기둥. 그중 무력이란 단어를 굳건히 적어놓은 기둥이 뿌리부터 갉아 먹히고 있었다. 그럼에도 남궁무원은 움직이지 않았다.

그러니 지금 남궁무원이 이곳에 있는 이유는 오로지 비천객 진무린과 천리통혜 진무혜 때문이라는 걸 뜻했다.

복잡하다.

남궁현성의 입장으로는 복잡해질 수밖에 없었다.

남궁무원이 직접 움직였다는 것은 그동안 숨겨왔던, 철저하게 관리하고 통제하던 비사가 갑자기 수면으로 부상한다고 가정해도 결코 부족하지 않았다. 게다가 부상한다면 명분의 우위를 따졌을 때 결코 위에 있다 장담할 수가 없었다.

"가주."

"조용."

이번에는 남궁유성이 불렀지만 남궁현성은 다시 손을 뻗어 말을 막았다. 생각이 엉킨다. 풀어야 할 실타래가 더욱 꼬이고 있었다.

"미치겠군."

"……."

"……."

"다 뒤틀리는 기분이야."

남궁현성의 입에서 쓴 소리가 나오자 남궁철성, 남궁유성 둘 다 놀란 얼굴이 되었다. 어지간해선 감정을 내보이지 않는 이가 바로 남궁현성이다.

천하제일가의 가주위에 앉은 그는 그 어떤 상황 속에서도 침착을 유지해야 했다. 그렇게 배웠다.

물론, 못 지킨 적이 있었고, 그중 한 번이 거대한 번민으로 다가왔지만 그 일 이후 남궁현성은 더욱 냉정해졌다.

사석이건 공석이건 무표정을 유지했고, 가주에 오른 이후는 더욱 더 냉정해졌다. 그건 무감정이라 표현해도 좋을 정도였다.

그런 그가 지금.

미치겠군.

이렇게 감정을 표현한 것이다. 그것도 인상까지 찡그리면서 말이다.

"저 어둠 건너 진을 치고 있는 마도세가들은 무섭지 않은데, 어르신과 천리통혜가 만나고 있다는 사실은 무서워. 어떤 말이 오갈지 예상도 가는데… 그 뒤가 어떻게 될지는 예상이 가질 않아. 내가 너무 오판했어."

"……."

"……."

남궁현성답지 않은 긴 말이다.

그는 오연하나, 오만하지 않다.

마도제일가와 마도세력은 실제로 남궁현성에게 두려움을 주지 못했다. 깨부술 자신도 있었다. 틈은 이미 만들어졌고, 들쑤시면 끝나겠다고 생각했다. 다만, 가장 확실한 아군의 피해는 줄이고, 적군의 피해만 쌓는 방도를 구하고 나서 움직일 생각이었다.

그 방도만 찾으면 정마대전은 끝난다.

정마대전이 끝나면 그대로 정도오가가 산해관으로 밀고 올라간다. 그럼 북원의 군세가 일으킨 전쟁도 끝난다.

무쌍전의 승자가 비천객이 되면서 생각한 줄거리다. 하지만… 남궁무원과 천리통혜의 만남은 그의 예상외였다.

대화의 주제는 굳이 깊게 생각할 필요가 없지만, 그 대화 후 이어질 줄거리는 상상이 가지 않았다.

어떻게 흘러갈까?

골 때리는 상황이었다.

어쩌면 최악의 상황으로 흘러갈지도 모른다.

"만약 남궁무원이, 전대의 검왕이 비천객을 남궁가의 아이라 천명해 버린다면?"

"……."

"……."

조용한 남궁현성의 말에 남궁철성도, 남궁유성도 대답할 수 없었다. 그 뒤에 일어난 천재지변급의 해일이 예상이 가는 까닭이다.

거대한 추문이 전 중원을 휩쓸 것이다.

천하제일가 대모에게 사생아가 있다!

이 말로 시작되는 추문이 어디까지 뻗어나갈지, 예상조차 안 간다. 발 없는 말이 천리를 간다는 격언이 있듯이, 통제하기도 전에 중원에 쫘악 퍼질 것이다. 그게 남궁현성이 가장 두려워하는 부분이었다.

말하는 사람이 남궁무원이라면 진실과 거짓을 가릴 필요조차 없어진다. 그냥 무조건 진실이 되는 것이다.

천하제일가에 오명이, 지워지지 않을 오물이 묻을 것이다. 아무리 빡빡 밀어도 절대 지워지지 않을.

아버지가 지켰고, 자신이 지키고 있는 이 비밀은 그래서 지켜져야 한다.

그것이 누님도 좋고, 나도 좋고, 남궁세가를 위해서도 좋다.

변하지 않는다.

그리고 변해서는 안 된다.

번쩍.

"어르신을 만나봐야겠어."

눈을 뜬 남궁현성이 자리에서 일어나며 말했다. 형형한 기세가 뿜어져 나왔다. 천하제일가를 이끄는, 그 정점에 서서 진두지휘하는 가주의 위엄을 고스란히 내비치고 있었다. 아무리 남궁무원이라고 해도 설전을 불사해서라도 막겠다는 의지의 표현이었다.

"……"

"……"

두 사람은 남궁현성에게 어떤 말도 하지 않았다. 저 기도, 저 위엄. 공식적인 자리에서나 필요할 때 내보이는 모습이다.

그렇다면 남궁세가 가솔(家率)의 신분인 자는 그냥 따르는 게 정답인 법이다.

차라!

휘장이 거칠게 펄럭이며 열렸고, 어둠 속으로 사라지듯이 남궁현성의 모습이 흐려져 갔다. 목적지는 당연히… 남궁무원과, 무혜가 있는 막사였다. 남궁현성의 등장으로 일부 무인들도 그 뒤를 따르기 시작했다.

본능적으로 느낀 것이다.

이것은 가주의 공식적인 행보라는 것을.

의도치 않게. 아니, 의도적으로 정도의 진형에 파랑이 일기 시작했다.

*　　　*　　　*

"그럼, 건강하고말고. 허허."

인자한 웃음과 함께 나온 그 말에 무혜의 얼굴에 곧바로 안도감이 떠올랐다. 얼마나 걱정했는지 모른다.

모든 진실을 알고 나서도, 모든 것을 감내하고 살면서도 무혜는 어머니를 단 한 번도 잊은 적이 없었다.

"미안하구나."

"……."

무혜의 얼굴에 떠오른 어두운 그림자를 본 모양인지 나직한 목소리로 무혜에게 사과하는 남궁무원.

그에 무혜는 고개를 들어 빤히 남궁무원의 얼굴을 바라봤다. 그 말에 깃든 진심이 느껴졌다. 굳은 얼굴에서도 진심이 느껴졌다.

"못할 짓을 했구나. 허어, 천륜을 끊어내겠다니… 이 얼마나 잔인한 짓을 했단 말이냐."

"……."

나직하고 담담한 목소리였기 때문에 더욱 더 진심이 느껴졌다. 그에 저절로 무혜는 입술을 꾸욱 깨물었다.

진심은 분명히 느껴진다.

하지만 그게 더 불편했다.

이제 와서…….

이러면 뭐하나.

위로가 될 수 없었다.

그런 무혜의 표정을 남궁무원도 읽었다.

"안다. 네 마음. 후우, 답답하구나."

"아니요. 모르실 겁니다."

"음?"

"제가 지금 어떤 마음인지… 어르신은 모르실 겁니다."

"……."

어르신이라…….

조용하게 중얼거리는 남궁무원. 모를 거라는 말보다 그 말이 더욱 더 남궁무원의 가슴에 아프게 박혔다.

본래 남궁무원은 무혜에게 외종조 할아버지, 혹은 그냥 작은 외할아버지가 된다. 하지만 그걸 모조리 무시하고 그냥 어르신이라 표현한다.

명확했다.

인정하지 않는다는 뜻이다.

하지만 누굴 탓하랴.

"다 본가의 잘못이거늘……."

"……."

답답한 마음에 그리 말하는 남궁무원이지만 무혜는 대답하지 않았다. 다만 차분하고 무심하게 가라앉은 눈빛으로 남궁무원을 직시했다.

후우.

고개를 절레절레 저은 남궁무원이 무혜의 옆에 앉아 있는 단문영을 바라봤다. 자리에 앉고 나서 처음으로 주는 눈길이다.

가만히 단문영을 바라보던 남궁무원의 얼굴이 슬며시 펴졌다.

"만독문의 아이가 손자 녀석과 함께 한다고 들었는데, 그게 너구나."

"예, 어르신."

단문영은 남궁무원의 말에 별다른 사족 없이 깔끔하게 대답했다. 그러자 고개를 슬며시 위아래로 끄덕이는 남궁무원. 다시 지그시 단문영을 바라보는 남궁무원의 눈동자가 날카로워졌다.

꿰뚫어보는 눈동자였다.

폐부를 훅 뚫어보는, 사람을 발가벗겨 버리는 눈동자였다. 눈동자에 직시당한 단문영도 그렇게 느꼈다.

"……."

"……."

남궁무원의 눈동자를 직시하는 단문영.

단문영은 결코 남궁무원의 눈동자를 피하지 않았다. 여인에게 보내는 이런 눈초리는 분명 잘못된 눈초리다. 하지만 그거야 젊은 사내가 젊은 여인을 볼 때나 불쾌하고 예에 어긋나는 것이지, 남궁무원 정도 되는 존경을 받는 사람이 이렇게 봐준다는 것은 반대로 감사해야 할 일이다.

짧지 않은 시각동안 시선을 교환하고, 남궁무원의 얼굴에 미소가 피었다.

"상단을 열었구나."

"……."

순간 그 말에 단문영은 놀랐다.

어떻게?

남궁무원의 말은 계속됐다.

"길림성에서의 얘기를 듣고 어쩌면 그럴 거라 생각했었는데, 지금 보니 확실히 알겠어. 대충 연 것도 아니고, 아주 활짝 열려 있어. 허허."

"어떻게 아셨어요?"

"허허, 이 나이되면 보인단다."

"……."

거짓말.

나이 때문이 아닌, 남궁무원의 경지가 너무 높아 보이는 것이다. 그러니 남들은 볼 수 없는 무언가를 본다, 이렇게 설명해야 옳았다.

하지만 반대로…….

단문영에게도 남궁무원의 경지가 보였다.

"저도 어르신의 경지가 보여요."

"오호라? 보이느냐?"

"예, 어르신."

그렇게 대답하며 싱긋 웃는 단문영에게는 예의 그 묘하게 신비로운 미소가 걸려 있었다. 보통 무인이었다면 분명 불쾌했을 말이지만 남궁무원은 반대로 재미있다는 미소를 마주 지었다.

"그래, 어디까지 보았느냐?"

"제가 마땅히 설명할 길이 없어요. 무공을 배우지는 않았거든요. 하지만 이건 확실해요. 구름 속으로 숨은 사람들과 비슷하다는 것은요."

"허허, 허허허."

구파의 무인과 비교한다?

맹랑한 말이다.

남궁무원의 웃음에 무겁던 분위기가 많이 희석되고 있었다. 건방지게 보였던 단문영의 좀 전 말은 사실 이걸 노린 말이기도 했다. 굳이 안 해도 될 말을 한 것이다. 이 딱딱한 분위기를 조금이라도 밝게 해보려고. 단문영은 역시 생각이 깊었다. 그리고 단문영의 의도를 무혜도 눈치챘다.

무혜는 단문영이 무린의 일을 알고 있는지 없는지 잘 모른다. 하지만 아마 모를 거라 생각했다. 둘이서 대화도 많이 나누지 않았을뿐더러, 무린도 아마 말하지 않았을 거라 생각했다.

하지만 그건 무혜가 잘못 알고 있는 부분이었다.

단문영은 알고 있었다.

전부, 전부 다 알고 있었다.

당연히 혼심을 통해서였다.

달리 비익공이라 불리는 불가해의 공부를 통해 무린에 대해서는 단문영이 모르는 일은 아무것도 없었다.

제다기 무린이 중독된 시기가 남궁세가에 처음으로 찾아가기 전이다. 당연히 그때부터 무린이 했던 모든 생각이 단문영에게 읽혔다.

그 시기의 단문영은 무린과 이어진 영혼을 통해 모든 것을 보고 읽으면서 무린을 타락시키려고 했기 때문이다.

그러니 전부 안다. 정말 전부 다 안다.

단문영은 이 자리가 불편한 자리가 될 거라는 것을 알았다. 자신을 왜 불렀는지는 모르겠지만, 사실 이 자리에 있기에는 부담스럽기까지 했다. 지금은 두 사람이 서로 대화해야 할 때라 판단했다.

그녀의 붉은 입술이 열렸다.

"어르신, 죄송하지만 저는 그만 일어나도 괜찮을까요?"

"허허, 그러거라."

"예, 감사합니다. 어르신. 그럼."

단문영은 미련 없이 자리를 털고 일어났다. 어떤 질문이 자신에게 오더라도 분명 난감할 거라 생각했다.

만약 무린과의 사이를 묻는다면?

더없이 곤란했다.

단문영의 판단은 옳았다.

그녀가 나가자 남궁무원이 다시 무혜를 바라봤다. 좀 전과 같은 차분한 눈동자. 그리고 그 안에는 안타깝고, 미안한 감정이 살며시 스며들어 있었다.

어떤 말을 해야 할까.

"어르신."

"음?"

"할 말씀이 없으시다면 저도 일어나도 괜찮겠습니까?"

"……."

무혜가 자리를 끝내고자 하는 말에, 남궁무원은 잠시 말문이 막혔다. 예를 떠나서 그 말에 깃든 뜻이 너무나 명확히 보였다.

감정이 하나도 깃들어 있지 않은 눈동자를 보니 더욱 확실하다.

적은 아니나, 아군도 아니다.

오늘 처음 만난 타인을 보는 눈빛.

그 눈동자가 남궁무원의 속을 쿡쿡 찔렀다. 하지만 이대로 끝낼 수는 없다고 생각한 남궁무원은 고개를 저었다.

"너와 더 얘기를 나누고 싶구나."

"……."

그 말에 무혜는 다시 침묵.

그 모습에 남궁무원은 다시 고개를 저었다.

어렵구나.

어려워.

한 번 틀어신 관계를 뇌돌리기가 이리도 힘늘구나.

"너의 미움이… 이리도 깊구나."

"미움이 아닙니다. 이건 한(恨)이라 불러야 마땅합니다."

"한이라……."

"예, 천륜을 강제로 끊으려 하는 남궁세가에 대한 한. 이것은 오라버니나 저나, 그리고 제 동생이나 전부 마찬가지입니다."

"후우……."

한숨.

나직한 그 한숨에 무혜의 눈동자가 꿈틀거렸다. 그리고 그 직후 곧바로 말라비틀어진 입술이 다시 열렸다.

"한숨, 그 한숨은 참으로 보기 힘듭니다. 이제 와서 무슨 자격으로 한숨을 내쉬시는지 이해가 가질 않습니다. 어르신이 이러서도 변하는 것은 없습니다."

"……."

"대관절 저를 보자고 한 연유가 무엇입니까. 단순히 사과를 하기 위함이십니까? 그렇다면 이미 늦으셨습니다."

"……."

"저희 어머니를 다시 보내주실 것도 아니시면서 이제와 이러는 것. 많이 부담스럽고 불쾌합니다."

거꾸로 쥔 비수를 그대로 심장에 틀어박는 것처럼, 무혜의 말은 거침이 없었다. 한이라고 했다. 그걸 그대로 쏟아내고 있었다. 아주 적나라하게. 무혜답지 않게 눈동자가 이글이글 불타오르고 있었다.

그때, 짜릿함이 무혜의 전신으로 파고들었다. 이것은… 기세다. 이미 전장에서 오랜 시간 있었던 무혜라 기세를 곧바로 느꼈다.

반사적으로 몸을 흠칫 떤 무혜가 막사 휘장을 향해 눈동자를 돌렸다. 기세는 눈앞의 남궁무원에게서가 아닌, 막사 밖에서 느껴지고 있었다.

말인즉슨 누군가 기세를 풀풀 풍기면서 오고 있다는 것.

"가주로구나."

"……."

가주?

남궁세가의 가주?

무혜의 눈동자가 불길이 되어 타오르기 시작했다.

으드득!

저벅저벅 걸어오는 소리가 들리기 시작했다. 그것은 감출 생각도 없이 정확히 막사로 향하고 있었다.

쉬익.

정적을 깨는 소리와 함께 남궁세가주, 남궁현성이 모습을 드러냈다. 무혜는 고개를 돌리지 않았다.

"……"

"……"

"……"

등장한 남궁현성은 둘을 봤고, 남궁무원은 남궁현성을 봤다. 무혜는 정면을 직시하며 눈동자에 깃든 불길을 더욱 키우고 있었다.

그러면서 자연스레 이어지는 침묵.

고요한 정적이 아니라 소리 없는 번개가 파바박 치는 정적이었다. 정적을 깬 사람은 남궁현성이었다.

"오랜만에 뵙습니다, 숙부님."

"그래, 그보다 기별도 없이 불쑥 들어오다니 버릇이 없구나."

"이곳은 남궁세가의 진형이고, 저는 남궁세가의 가주입니다. 제가 허락받고 다닐 곳은 존재하지 않습니다."

"허어."

"자리에 합석하겠습니다."

"거절하느니라."

딱 잘라 거절하는 남궁무원.

그러나 남궁현성은 눈 하나 깜빡하지 않고 단문영이 앉았던 자리에 앉았다. 그리고 입이 열렸다.

"말씀드렸다시피, 제게 허락은 필요치 않습니다. 제아무리 숙부님이 계신 곳이라 하더라도 말입니다."

"고얀 놈이……."

남궁무원의 눈동자가 내리깔렸고, 수염이 아주 짧게 파르르 떨렸다 멈췄다. 화가 난 것이다. 남궁현성의 행동은 도를 넘어서고 있었다. 그가 아무리 현재의 남궁세가를 이끄는 가주라 하더라도 남궁무원은 웃어른이다. 남궁현성의 아버지. 이미 타계하신 그 아버지의 동생이 바로 남궁무원.

그런 그에게 감히 이런 행동을 하는 것은 예가 없음을 넘어 그냥 불경(不敬), 그 자체다. 그러나 말했듯이 남궁현성은 너무나 당당했다.

그의 시선이 무혜에게로 넘어왔다.

"네가 무혜구나."

"……."

미동도 없었다.

정말 아무런 감정도 들어 있지 않은 눈동자로 남궁현성을 바라보는 무혜. 대답조차 하지 아니하고, 조금 있다가는 오히려 눈살을 찌푸렸다.

"눈살을 찌푸려? 건방지구나."

"건방? 당신 입에서 나올 말은 아닙니다만."

"당신?"

"웃어른의 말도 무시하는 자가 남의 태도를 논하다니 어불성설입니다. 내가 취하는 예를 따지고 싶으면 먼저 당신부터 예를 차리고 말하십시오."

"……."

하.

기가 찬 신음이 남궁현성의 입에서 나왔다.

"그리고 어딜 아녀자의 이름을 함부로 부르십니까. 당신에게 제 이름을 불러도 된다고 허락한적 없으니 군사라 부르십시오."

"……."

연타로 퍽퍽 후려치니, 남궁현성의 얼굴이 순식간에 굳었다. 막사 밖에서 허어, 허어 소리가 연발로 들려왔다.

남궁철성, 그가 기가 막혀 낸 신음이었다.

"허, 허어. 이거 참……."

어처구니가 없는지, 얼굴에 동요까지 온 남궁현성이었다. 누가 생각이나 했을까. 무혜가 설마 이렇게 나올 것이라 예상도 못한 것이다.

하지만 따지고 보면 무혜의 말은 전부 맞는 말이다. 조금도 틀린 구석이 없었다. 웃어른에 대한 예를 지키지 않았으니 똑같은 대접을 받아도 할 말이 없다 하는데, 그게 완전히 정답이었다.

옛말처럼 눈에는 눈, 이에는 이로 받아쳤기 때문이다.

"좋아, 군사. 군사라 부르지."

"그러십시오."

"군사. 군사의 집안사람은 다 그리 건방지고 무례한가?"

"말씀드렸습니다만, 무례를 논하고 싶으면 예부터 배워 오시라 말입니다."

"하, 하하. 하하하."

무혜의 대답에 남궁현성은 나직하게 웃었다. 골을 살짝 짚고, 정말 어이가 없다는 듯이 웃었다.

감히 이런 대접, 언제 그가 받아봤을까. 딱딱 끊어지는 그의 웃음은 기가 막혀 나온 웃음이기도 하지만, 그 안에는 당연히 분노도 섞여 있었다. 새파랗게 어린 것이, 그것도 조카 되는 아이가 하는 말이 너무나 건방졌기 때문이다. 하지만 남궁현성, 그도 인정하고 있었다. 무혜의 말이 맞는 말이라는 것을.

자신이 좀 전 남궁무원에게 했던 행동을 보고 그대로 말하고 있었다. 그러니 여기서 화를 내게 되면 오히려 자신이 욕먹을 짓을 하게 된다는 것도 알고 있었다. 게다가 화풀이를 하는 순간 남궁무원이 나설 것이다.

무혜가 거기까지 생각하고 있다는 것도 남궁현성은 알아차렸다. 단순한 조카가 아닌, 이제 와서는 천리통혜라 불리는 희대의 군사 소리까지 듣는 조카다.

인정하기 싫어도 인정해야 하는 것.

그것뿐인가?

사실 배분으로 따져도 큰 차이가 나질 않는다.

전대 문성이신 한명운 선생의 숨겨진 직전제자다. 한명운 선생은 여기 눈앞의 남궁무원과 동시대를 누비고 간 인물. 그러니 배분도 떨어지지 않는다. 조카 둘이 용이 됐다.

솔직히 말해 비천대 군사인 무혜에게는 제아무리 남궁현성이라도 반말을 하면 안 된다. 지금 비천대의 위치는 전 중원을 떨어 울리고, 그 안에서 다시 비천객과 천리통혜의 위명은 그야말로 하늘을 찌를 정도로 높다.

피식.

'많이 컸구나.'

순간적으로 남궁현성의 뇌리를 스쳐 지나간 생각이었다.

그것은 인정을 의미하는 생각이기도 했다.

커도 너무 커서, 이제 인정을 하기 싫어도 안 할 수가 없었다. 이거야 뭐, 명성으로 따져도 이제 남궁세가주, 현 강호의 검왕 남궁현성에 비해 비천객… 아니, 비천무제와 천리통혜의 명성이 결코 떨어진다 말할 수가 없었다.

쌓은 업적 자체도 너무나 큰 차이가 났다.

비천대는 정말… 말도 안 되는 전공을 쌓았다.

고작 수백 명으로 성을 먹질 않나, 수개월 동안 도망 다니면서 기습전으로 북원군에 엄청난 피해를 입히질 않나. 그 외에도 참으로 많았다. 일일이 말로 다 설명이 불가능할 정도였다. 덕분에 지금 산해관 너머의 전황은 명에 유리하게 흘러가고 있었다.

그 같은 상황의 흐름에 지대한 영향을 끼친 게 바로 눈앞의 천리통혜. 자신의 조카인 진무린과 진무혜였다.

남궁현성의 시선이 무혜에게서 떨어지고 남궁무원에게로 돌아갔다.

"숙부님."

"왜 부르느냐."

"전부 밝히실 생각이십니까?"

"두려우냐? 내가 나설까 봐?"

"네, 그렇습니다."

남궁무원의 질문에 남궁현성은 솔직하게 대답했다. 안 무섭다면 거짓말이다. 얽히고설킨 악연의 실타래는 두껍고, 어둡고, 무거웠다. 풀기도 쉽지 않지만 풀리고 나서도 그 실을 통제할 방법이 없었다.

그러니 차라리 풀지 않고 그대로 놔두는 게 최고다.

이게 남궁현성의 생각이었다.

근데 저 실타래를 금방 풀어버릴 사람이 있으니, 그게 바로 남궁무원과 당사자인 호연화다. 그들이 나서는 순간 실은 금세 풀려 버릴 것이고, 풀린 실이 어마어마한 영향력을 발휘해 전 중원을 강타할 것이다.

"그렇게 두려우면서 왜 그렇게 고집하는 것이냐? 천륜이다. 응당 같이 흘러가야 하는 게야. 그걸 강제로 막는 것은 천륜을 막은 부도덕이다. 남궁세가가 대체 언제부터 부도덕의 산실이 된 것이지?"

"이게 알려진 그 뒤는 생각 안 해보셨습니까? 색마 진유원의 아들입니다. 여기 이 아이는 색마 진유원의 아들인 진백상의 딸입니다. 이 같은 사실이 알려진다고 생각해 보십시오. 남궁세가의 명예는 그길로 땅에 곤두박질 칠 것입니다!"

천하제일가에 색마의 자식이 웬 말이냐!

가주로서 그가 걱정하는 그 부분이었다. 그리고 그 부분에서 파생되어 나오는 후폭풍이었다. 하지만 남궁무원은 애초에 그게 마음에 들지 않았다.

"그 정도도 포용하지 않고 정도의 기둥을 자처하다니 우습구나. 의기천추가 무슨 뜻인지는 알고 있느냐?"

의기천추(義氣千秋).

정의로운 기개는 천년을 가도록 변하지 않는다. 남궁세가는 언제나 창궁무한, 의기천추를 외친다.

딱 꼬집어 묻는 남궁무원의 말에 남궁현성은 곧바로 입을 열었다.

"그래서 살려뒀습니다."

"뭐라?"

"추잡한 색마의 피를 이 아이와, 이 아이의 동생과, 이 아이들의 오라비와, 이 남매의 아버지까지 살려뒀습니다. 이 정도면 의기천추는 지키고도 남았다 생각합니다."

"……."

어처구니없는 그 답변에, 남궁무원의 말문이 턱 막히고 말았다. 이 무슨 궤변이란 말이냐.

눈동자까지 흔들리는 남궁무원이다.

남궁현성의 말은, 전대 검왕의 심기를 흔들었다.

그리고 똑같이 무혜의 심기도 건드렸다.

"말이 더럽군요. 아니, 남궁세가주의 정신이 더러운 겁니까?"

팍! 치고 들어온 무혜의 말에 이번엔 반대로 남궁현성의 눈가가 꿈틀거렸다. 더럽단다. 모욕적인 언사였다.

태어나 몇 번 들어보지 못한.

그러나 무혜의 말은 아직 끝나지 않았다.

"남궁세가가 뭘 그리 대단하다고 그런 말을 하는지 모르겠습니다. 이번 전쟁에서 남궁세가가 한 일이 대체 무엇인지요. 창궁대 하나 산해관에 던져 놓고 집문 꼭 걸어 잠그고 한 것도 없지 않습니까? 천하제일가의 명예는 차라리 당가에게 줘 버리시지요. 그들에게 더 어울리는 단어입니다."

"……."

남궁현성의 눈가가 꿈틀거리며 침묵하고 있는 와중에도 말은 계속된다.

"첫 번째 전투는 제대로 파악도 못해 전멸이요, 혈사대가 중원을 가로질러 도망칠 때에도 헛걸음만 했고, 겨우 찾아간 심양에서도 대패. 그 와중에 창궁대는 내빼기 바빴고, 뭐 하나 제대로 한 것도 없는 남궁세가가 뭘 그리 대단하다고 타인의 평판을 신경 쓰나 모르겠어요. 아, 명가의 남은 자존심인가요?"

"……."

"그에 비해 당신이 그리 더럽다 하는 색마의 아들은 북원의 전신이라 불리는 자의 아들을 일기토로 제압했고, 쌓은 전공은 정말 수를 셀 수도, 평가하기도 벅찬 지경에다가 당신 눈앞의 저도 머릿속에서 나온 계략으로 그 일에 일조를 했지요. 아, 창궁대가 도망칠 때 후미를 지킨 것도 비천대군요. 당신들은 도망가고 우리는 지키고. 재밌는 결과입니다. 그렇지 않습니까?"

"……."

비릿한 미소가 입가에 걸렸다.

무혜답지 않은 미소였지만, 무혜였기에 대놓고 무시할 수 있는 담력이 있었다.

"더러운 피를 이은 저희는 전쟁을 끝내기 위해 이렇게 노력하는데 남궁세가는 뭘 하는 겁니까? 뭘 그리 대단한 일을 했다고 겁박하고 핍박하는지 모르겠습니다. 제집 대문이나 지키기 바쁜 주제에."

무혜의 속사포 같은 말에 남궁현성은 이제 얼굴이 완전히 차가워졌다. 그러나 무혜를 만류하지 않았다.

마치 어디 끝까지 해봐라. 이런 표정이었다.

"아, 그리고 이제 제게 반말은 허용치 않겠습니다."

"허용치 않겠다? 내가 또 반말을 하면?"

남궁현성이 그 말에 바로 대답을 했다.

그러자 무혜도 곧바로 대답했다.

"똑같이 반말할 수밖에."

"……."

무혜는 예의를 갖출 줄 아는 여인이다.

호연화에게 배울 만큼 배웠고, 특히 웃어른을 공경할 줄 알아야 한다는 말은 귀에 박히도록 들었다.

하지만 지금은 도저히 그래줄 수가 없었다.

제아무리 무혜가 평정을 유지하는 데 있어 뛰어나다고 하지만 이건 아니었다. 이런 막말을, 입에 걸레라도 물었는지 나오는 말은 전부 자신을 자극하는 말이었다. 더럽다고? 무혜는 순수히게 생각했다.

나보다 네가 더 더럽다.

오라버니보다 네놈이 더 더럽다.

우리 가족보다 남궁세가가 더 더럽다!

"건방지구나."

"……."

피식.

무혜는 들끓기 시작하는, 화산처럼 터지기 직전의 분노를 남궁현성에게서 느꼈다. 전장을 전전했더니 이제 타인의 기세에 대해 굉장히 민감하게 되어버렸다. 이렇게 대놓고 피어오르는 기세를 못 느낄 리 없었다.

당장 손을 써도 전혀 이상치 않을 분노다.

하지만 그는 손을 쓸 수 없다.

"네가 내 앞에서 이런 모습을 보이다니 정녕 나를 끝까지 기만할 참이냐?"

"어르신도 지금 저를 가주로 봐주시질 않는데, 제가 이러는 것을 무슨 명분으로 막으실 참입니까?"

"허허, 허허허."

그 말에 한차례 웃더니, 남궁무원이 천천히 손을 들었다.

"나가거라."

"싫습니다. 이 계집의 버릇을 고치기 전에는… 불가합니다."

"손끝하나 대어 보거라. 그땐 내 검을 받아야 할 것이다."

"겁나지 않습니다."

"이놈……."

남궁무원의 눈에서 결국 불길이 피기 시작했다. 존장에 대한 예의를 아예 땅에 처박아 버린 남궁현성의 행동에 결국 평정을 잃기 시작한 것이다.

하지만 이내 다시 불길을 스스로 죽였다.

무혜 때문이었다.

무공을 익히지 않은 무혜다.

두 무인의 기세를 버틸 수 있을 것이라 생각되지 않았다. 절정도 아니고 절정을 넘어선 자의 기세다.

웬만큼 담력 좋은 사람도 일다경을 채 못 버티고 졸도할 것이다. 스윽, 불식간에 무혜와 남궁현성의 사이로 들어온 검집이 무혜에게 가는 모든 남궁현성의 분노 섞인 기세를 잘라냈다. 아니, 단순히 잘라낸 게 아닌, 완전한 벽이 되어 무혜에게 뻗어가는 남궁현성의 분노를 모조리 막아냈다.

"그만두지 못하겠느냐!"

"더러운 입으로… 본가를 들먹인 계집입니다. 대체 왜 감싸십니까?"

"입 다물어라, 가주. 본가의 피가 흐르는 아이야. 연화가 낳은 아이야! 내게 진손녀고! 네 진조카란 말이다!"

"예, 좀 전까지는 제 조카였습니다. 하지만 이제는 아닙니다. 본가를 욕한 그 순간부터! 이 계집과 비천대는 이제 제 적입니다!"

"가족을 헤칠 셈인가! 가주!"

"가족이라니요! 당치 않습니다! 어찌 색마의 자식이 본가의 구성원이 될 수 있단 말씀이십니까!"

설전에는 각자의 이유가, 분노가 너무나 적나라하게 섞여 있었다. 숨길 생각하지 않고 거침없이 표현하고 있었다.

드물게, 아주 드물게 남궁현성도 언성이 높아졌다. 천하가 안다. 남궁세가의 가주는 입이 무겁고 극히 절제된 대화를 구사한다고. 그게 엄청난 압박감을 줌과 동시에 대화를 자신 쪽으로 끌어당기는 힘이 있다고.

하지만 지금 남궁현성의 대화는 결코 천하가 알고 있는 것과는 달랐다. 절제는커녕 본심이 술술 풀려 나오고 있었다.

"……."

"……."

대화가 잠시 멈추고, 이글이글 타는 눈으로 서로를 바라보는 둘. 격하게 올라간 감정을 터지지 않을 정도에서 겨우 잡고 있는 중이었다.

일다경이 지났는데도 꿈쩍도 하지 않았다.

그 중간에 있는 무혜도 조용히 돌아가는 상황을 직시했다.

"가주. 덕분에 판단이 섰네."

그걸 남궁무원이 깼다.

"정녕, 전(前)가주님부터 내려오던 일을 밝히실 작정이라면 그렇게 하십시오. 다만, 저도 가만있지 않을 거라는 걸 명심하셔야 합니다."

"가만있지 않으면? 내게 검이라도 빼들 생각이냐?"

"못 할 것도 없지요……."

덮을 수만 있다면.

으르렁거리는 남궁현성.

핏발까지 선 눈으로 남궁무원을 보다가, 그 시선을 돌려 무혜에게 옮겼다. 이번에는 좀 전과는 다르게 스산하게 가라앉은 눈동자다. 보통 살기라 표현하는 감정이 다분하게 들어 있었다.

"가문이 두 쪽 나겠군요."

그 살기를 맞으면서 툭 나온 무혜의 말에 남궁현성의 눈동자에 담긴 살기가 더욱 진해지기 시작했다.

사악.

다시금 남궁무원의 검집이 끼어들며 살기를 지워 버렸다. 그에 무혜는 다시 입을 천천히 열었다.

"제 가족 이야기가 나오면 세상은 누구 편을 들지… 뻔합니다. 세인들은 남궁세가의 입장은 이해해도 지지하지는 않을 겁니다. 천륜이란 그런 것이니까요. 그렇다는 건 명분은 저희 가족에게 넘어온다는 것, 여기에 어르신까지 지지해 주신다면… 잘하면 남궁세가 내에서도 반기가 일어날 수도 있겠군요."

훗.

후후후.

나직한 미소가 흘렀다.

이건 도발이다.

그리고 칭찬이다.

남궁현성의 결정이 무혜에게, 나아가 진씨 가족 전체에 오히려 이로운 방향으로 흘러가기 때문에 고마워서 한 말이고, 반대로 그 말 자체가 도발이 됐다.

"삼년지약."

쿵.

무혜의 입에서 나온 삼년지약.

남궁현성이 창천대검 남궁유성을 진무장으로 보냈을 때 꺼낸 언약이다. 남궁세가주의 이름으로 한 언약이다.

"마침 시기가 거의 다가오는군요."

삼 년.

이제 얼마 남지 않았다.

이번 겨울이 지나가고, 다시 가을이 올 때쯤이면 약속했던 삼 년이 지난다. 그럼 그 뒤로는?

볼 것 있나.

전쟁이다.

전쟁.

"천하의 남궁세가……."

무혜의 눈빛도 덩달아 차가워졌다.

그건 수많은 사람을 죽인 사람의 눈빛이다. 그녀의 계략으로 수백 이상이 죽었다. 아니, 수천이 죽었다. 역사에도 남을 만한 일을 벌인 대학살자의 눈빛이다. 내공을 실지 않은 기세로만 따진다면 결코 남궁현성의 눈빛에 밀리지 않았다.

"제 머리와, 오라버니의 무력."

틱틱 끊어지며 나오는 무혜의 목소리는 눈빛을 점차 닮아

갔다. 온기가 사라지고 종내에는 감정도 사라졌다.

"비천대의 무력."

속도.

속도를 살린 기습.

속도를 살린 퇴각.

무혜는 줄줄이 비천대의 장점을 읊었다.

적에게 정보를 주는 게 아니다. 어차피 비천대의 장점이야 웬만한 사람들은 전부 아는 일이다.

다만 이건 압박이다.

천하제일가를 향해 압박을?

그게 씨알이나 먹힐까?

"지금 나를… 협박하는 것이냐?"

"못할 이유도 없지요."

남궁현성의 살기 어린 말에, 그가 남궁무원에게 대답했던 그대로 다시 돌려준다. 게다가 무혜의 기세는 역시 그에 비해 조금도 떨어지지 않았다.

사악.

휘장이 걷어지고 한 사람이 안으로 들어왔다.

먼지가 덕지덕지 묻은 탁한 가면으로 얼굴을 덮은 건장한 체격의 사내. 검집도 없이 허리에 차고 있는 검 한 자루.

백면이다.

들어선 그는 아무 말도 없이 무혜의 뒤로 섰다. 그리고 남 궁무원이 막던 살기를 넘어 남궁현성에게 살기를 쏘아 보내 기 시작했다.

"비천대의 군사에게 살기를 쏘다니……."

가면으로 작게 뚫린 입에서 나온 말.

마찬가지로 눈에 뚫린 구멍 두 개. 그 안의 눈에서 칠흑의 패기가 뭉클거리기 시작했다.

"죽고 싶은가?"

나직하게 떨어지는 그 말.

"……."

죽고 싶냐고?

그건 충격적인 말이었다.

순간 말문이 막힐 정도로 어이없는 말이었다. 물론 남궁현 성의 입장에서만 말이다. 하지만 백면은 진심이었다.

아주 조금의 가식도 없었고, 연기도 아니었다. 비천대의 군 사에게, 이제는 그 중추적인 역할을 하는 무혜에게 살기를 쏘 아 보내는 남궁현성이 용서될 리가 없었다.

"마교의 떨거지인가?"

"마교? 겁대가리를 상실했군. 겨우 남궁세가의 가주 주제 에 본교를 마교라 하다니."

"겨우?"

"우물 안의 개구리라는 말을 알고 있나? 안다면 입 조심해라. 앞의 노인 정도가 아니라면 그 주둥이 다물어라. 오래 살고 싶으면."

백면의 등장은 새로운 화탄이었다.

현재 셋으로도 충분히 언제 터질지 모르는 지뢰 같았는데, 지금은 아주 사방에 깔아 놓은 지뢰밭처럼 변했다.

"가면으로 보아 겨우 백면검대의 무인 같은데, 나를 죽인다? 웃기는 소리군. 마교의 종자들은 원래 그렇게 겁이 없나?"

"큭, 큭큭."

무혜의 뒤에선 백면이 어깨를 잘게 떨며 웃었다. 그건 마치 웃긴 소리를 들었을 때, 진심으로 웃겨 웃는 것과 비슷했다.

잠시 웃고 다시 진정한 백면이 말했다.

"절정을 넘었다고 천하 아래 적수가 없다 생각하는 모양이군."

"하하하."

살기 가득한 웃음.

상황은 개판이다.

작정하고 관계를 틀어버리는 남궁현성으로 인해 정말 터지기 일보직전까지 몰려가는 상황이 만들어졌다.

"그만."

그걸 남궁무원은 위험하다 판단한 모양인지, 기도를 대놓고 개방했다. 과연 남궁무원. 순식간에 막사 안을 점령, 무혜만 빼고 남궁현성과 백면에게만 기세를 쏘아 강제로 압박을 준 다음 다시 입을 열었다.

"적을 앞에 두고 이러다 아군끼리 파탄이 나겠소. 가주, 이 일에 대한 대화는 소요대전이 끝난 다음 했으면 하오."

"……."

반말이 아닌 반 존대가 나왔다.

이렇게까지 했는데 더 나가는 건 정말 끝까지 해보자는 게 된다. 반 존대가 주는 의미를 남궁현성은 파악하고 한숨부터 내쉬었다.

"후우… 알겠습니다. 숙부님."

드르륵.

그는 자리에서 일어났다.

그리고 무혜와 백면을 잠시 보다가, 다시 시선을 돌려 남궁무원에게 깊게 고개를 숙여 예를 취한 후 뒤도 돌아보지 않고 막사를 빠져나갔다.

무혜는 그때 얼굴이 딱딱하게 굳었다.

그런 무혜에게 남궁무원이 말했다.

"무슨 생각을 하는 건지 원… 후우, 답답하구나. 답답해."

"……."

남궁무원은 답답함을 토로했지만 무혜는 아니었다. 마지막 눈빛 빼고는 저부 이해했다. 그러니 무슨 생각을 하는지 다 안다. 마지막 그 눈빛만 빼고 말이다.

　"나도 가보마. 녀석이 깨어날 때까지는 내가 곁에 있을 것이니, 그리 알아다오."

　"예… 어르신."

　"다행히 그건 마다하지 않는구나. 허허."

　남궁무원은 웃으며 자리에서 일어났다. 웃음이 또 묘하게 처연했지만, 지금 무혜는 그걸 신경 쓸 겨를이 없었다.

　한숨.

　남궁현성의 한숨.

　그게 무혜의 모든 신경을 빼앗았다.

　"쉬거라, 그럼."

　"예……."

　무혜는 일어나서 고개를 숙였다.

　남궁무원이 나가고 나서 고개를 든 무혜는 철썩, 힘없이 자리에 앉았다. 심력이 완전히 바닥이다.

　안 그래도 무린의 전투를 보고 나서 바닥까지 떨어졌던 심력이다. 그런데 좀 전 남궁현성과의 대화로 완전히 바닥을 쳤다.

　눈을 감으면 그냥 기절할 것 같았다.

그러나 무혜는 이를 악물었다.

창백하게 질려서 이미 헤질 때로 헤진 입술에서 다시 피가 나고, 미약하나마 정신이 돌아왔다.

"괜찮소?"

"예, 그보다… 고생하셨습니다."

고개를 젓는 백면.

"내가 한 게 뭐가 있겠소. 군사 아니었으면 길림에서 전부 뼈를 묻었을 거요. 아, 노사도 오는 중에 만나 같이 왔소. 잠시 남궁세가 사람들을 만났다 이곳으로 온다하오."

"……"

무혜는 그 말에 조용히 웃었다.

이미 소식은 받아서 알고 있었다. 두 사람이 왔다니, 그저 기쁠 뿐이었다.

"그간 있었던 일이 듣고 싶소. 급히 달려오기만 하느라 어떻게 돌아가는지 아무것도 모르오."

"예, 별다른 일은… 아니, 후우……."

아무 생각 없이 대답하려던 무혜는 순간적으로 한숨과 함께 입을 다물었다. 아무 일이 없진 않았다.

관평이 죽었다.

자신을 지키려고… 관평이.

입이 떨어지지 않았다.

억눌려 있는 혀가 아교를 발라 입천장에 붙은 것처럼 통제를 벗어났다. 결국 다시 입술을 깨무는 무혜.

눈을 질끈 감고 입을 열었다.

"관 조장님이… 죽었습니다."

"……."

"……."

"군사, 누가 죽었다고 했소?"

"관 조장님이… 전사하셨습니다."

"관 조장. 관씨 성의 조장이라면… 하하, 하하하."

백면이 어처구니 웃음을 흘렸다.

먼지가 가득 묻어 시꺼먼 손으로 가면을 쓰다듬었다. 참기 힘든 감정이 차고 올라오는 걸 억누르는 행동이었다.

"관평, 관평이… 죽었소?"

"예……."

으득.

꽈지직!

평정이 깨진 모양인지 팔꿈치로 대고 있던 탁자가 그대로 쪼개졌다. 우르르 무너지는 탁자 때문에 미약하게 먼지가 피어올랐다.

그때 마침 절묘하게 남궁유청이 막사 안으로 들어왔다. 안으로 들어온 그는 쪼개진 탁자를 보고 잠시 멈칫했다가 둘을 서로 번갈아 봤다. 그러다 눈살을 미약하게 찌푸리고는 다가와 남궁현성이 앉았던 자리에 앉았다.

"무슨 일인가?"

그 질문은 둘에게 동시에 던진 대답이었다.

무혜는 입을 꼭 다물었다.

관평의 전사 소식을 다시 제 입으로 말하기에는 가슴에 남은 상처가 컸다. 그래서 입을 다물었다.

"관평이 죽었다 하오."

중얼거리듯이 백면이 입을 열어 대답했다. 남궁유청은 당연히 흠칫, 흡사 보이지 않는 그물에 걸린 것처럼 몸이 굳었다.

"……."

"후후, 하하하. 관평, 관평이… 전사했소. 군사가 말한 사실이니 사실이겠지……."

"허어, 허어……."

남궁유청의 눈동자가 굳은 정도가 아니라, 붉은 실핏줄이 일어나기 시작했다. 충혈되고 있는 것이다.

사실 남궁유청이 처음 비천대에 합류했을 때, 그를 가장 챙겼던 것은 관평이었다. 부관답게 그는 정말 남궁유청이 어색하지 않게, 비천대에 녹아들 수 있게 도와준 것뿐만 아니라 노숙부터 시작해 전반적인 모든 것을 신경 써줬다.

무혜가 오기 전까지만 해도 관평은 비천대의 어머니 같은 존재였다. 구석구석 그의 손길이 안 닿은 곳이 없었다.

말했듯이 남궁유청도 그 손길을 받았다.

"어쩌다가… 대체 왜……."

허망한, 슬픔을 억누르는 남궁유청의 말에 백면이 무혜에게 불길이 활활 피어나는 시선을 고정하고 물었다.

"흉수는 누구요?"

"암마왕이라는 자예요."

"암마왕? 잠깐, 암마왕이면……."

"구양가?"

마지막 말은 남궁유청의 입에서 나온 말이었다. 젊었을 적 강호를 종횡한 시기가 긴 남궁유청은 알고 있었다.

"아, 당가비사의 주인공이군……."

"당가?"

"후후, 세인들은 모르오. 그는 현 당가주의 먼 친척 되는 사람이지. 무에에 미쳐 만천화우를 몰래 보다가 들켜 도망친 자요. 당가는 끝까지 추적했지만 구양가의 품으로 도망쳐서 끝을 볼 수 없었다고 전해지오."

배화교에서 나온 정보이다.

세상에는 참… 숨겨진 일이 많다.

정말 그일까? 당가비사의 주인공이 관평의 흉수일까?

"하지만 그는 만천화우를 익히지 못했을 텐데? 가주와 소가주만 익히는 비천심법 없이 만천화우를 펼쳤다간 기혈이 역류해서 칠공으로 피를 토하고 죽는다고 전해지건만."

"갈 조장님이 만천화우라는 말을 했습니다."

"그렇다면 확실하군. 어떻게 익혔는지는 모르지만……."

백면의 가면 속 눈매가 호선을 그렸다.

그러나 무혜도, 남궁유청도 그게 기분 좋아 웃는 건 아니라는 것을 알았다. 남궁유청의 기도도 덩달아 변해갔다.

고요한 파도.

아니, 구름 한 점 없던 하늘에 갑자기 먹구름이 밀려오는 것 같은 기도다.

"구양가가 저 어둠 속에 있지 않소, 군사?"

"……."

무혜는 대답 대신, 고개를 끄덕였다.

저 어둠 너머 구양가의 진형이 있고, 그곳에 구양가 전력이 있다. 말 그대로 전력이 모여 있다.

구양가주의 존재는 파악 전이지만, 확실히 구양가를 지탱하는 백 인의 무인 중 거의 전부가 나왔다.

그건 확실하다.

"재미있군. 복수가 바로 눈앞에 있다니……."

"……."

백면의 미소는 불길했다.

파괴적인 면이 너무 강해 무혜도 버티기 힘들 정도의 불길함을 뿜어냈다. 스윽, 남궁유청의 손이 한차례 휩쓸고 지나갔다.

편안해진 무혜가 조용한 음색으로 말문을 열었다.

"기다리세요. 관 조장님은 저를 지키시려다가 전사하셨습니다. 복수는… 제 머리에서부터 시작될 겁니다."

"하하, 하하하!"

백면은 무혜의 단호한 말에 웃었다.

시원시원하게 웃고, 입가에 역시나 호선을 그리고는 무혜를 바라봤다.

"얼마나 기다리면 되겠소?"

"눈이 그칠 때까지만."

"군사."

"예, 말씀하세요."

"내… 기대하겠소."

"실망시켜드리지 않겠습니다."

서로의 대화는 지극히 짧았다.

몇 가지 단어의 조합으로 오가는 대화는 간결하기만 했다. 하지만 그 안에 담긴 뜻은 결코 가볍지 않았다.

아니, 오히려 천근 바위가 짓누르는 무게가 느껴졌다. 남궁유청도 동조했다. 눈을 감고, 한 자루의 검이 되어가고 있었다. 속으로 분명 죽어 황천으로 떠난 관평에게 보내는 맹세, 다짐을 하고 있을 것이다.

"좋아. 군사, 이 얘기는 그만하고 대주의 얘기를 해주시오. 보이지 않는 걸 보니 또 한바탕한 모양인데……."

백면이 다시 물었다.

무혜는 고개를 끄덕이고 천천히 입을 열었다. 그간 있었던 일을 최대한 압축해 빠르게 전달했다.

백면과 남궁유청은 무혜의 이야기가 끝났을 무렵 천천히 고개를 끄덕였다. 과연, 과연 비천대의 대주다.

하하, 하하하!

이번에는 좀 전과는 다른 유쾌한 웃음이 막사 안을 울렸다. 하지만 앞서 들었던 얘기를 날려 버리기 위한 발버둥이 담긴 웃음이었다.

第百三十六章 살객(殺客)

정확히 하루하고 두 시진이 더 지났다.

여전히 내려치는 눈보라 때문에 소요진은 완전한 어둠에 휩싸였다. 칠흑을 연상시키는 어둠은 한 치 앞도 분간하기 어렵게 만들었다.

그래도 경계는 필수이기에 남궁세가 무인들은 조를 짜서 번을 서고 있었다. 진형이 크기에 투입된 인원도 상당했다. 삼교대로 순번을 짜서 새벽 내내 서야 하는 번은 상당한 곤욕이다.

게다가 날씨도 지랄 맞은 상태.

여름은 여름대로 괴롭지만 겨울은 겨울대로 괴롭다. 특히 지금처럼 눈보라가 몰아치면 말할 것도 없었다.

촌각이 끔찍할 것이다.

살을 찢고, 그 안의 뼈까지 아리는 한기가 그 끔찍함의 원인이었다.

"호오, 호오, 호오……."

"아으……."

어둠 속에서 줄줄이 신음이 흘러나왔다.

이 정도의 추위는 내력이 아닌 체력으로 어떻게 막을 수 있는 수준이 아니었다. 일류 정도의 무인이라 하더라도 벅찰 수밖에 없었다.

누누이 말했듯이 무인의 내력은 마르지 않는 샘이 아니었다. 쓰다보면 당연히 고갈되기 마련이다.

일정 수준 이상 한기가 스며들면 내력을 돌려 몰아내기를 반복한다. 한기를 몰아내기 위해 내력을 소모하니 정신적으로도 지친다.

하지만 그렇다고 번을 안 설 수도 없었다. 분명 규모가 있는 기습은 무리다. 이런 날씨와 눈에 덮인 지형이라면 본신 무력의 육칠 할이나 겨우 사용할 수 있을 것이다. 게다가 기습은 적 몰래 해야 유리한데, 바닥이 이 모양이니 발각될 확률 자체가 균등해진다. 발자국도 남고, 제대로 신법을 펼치지도 못하기 때문이다. 기습의 묘를 살리지 못한 기습은 그냥 죽여 달라고 목을 내미는 것과 마찬가지다.

하지만 이런 지형, 날씨에서도 본신 실력을 모조리 사용하는 무인들이 있다. 자객, 살수라 불리는 사람을 은밀히 죽이는 무공을 익힌 자들. 그들은 이런 개떡 같은 상황에서도 소리 없이 움직일 수 있고, 본신 무공을 거의 최대까지 사용할 수 있었다. 그러지 못하면 애초에 살수가 될 수 없었다.

게다가 살수들은 어둠에 동화까지 할 수 있었다.

어둠이 일렁거렸다.

아주 미약하게 일렁이는 어둠은 마치 아무 일도 없었다고 항변하는 것처럼 곧바로 아무런 미동도 보이지 않았다.

"하암……."

"임마, 입 찢어지겠다. 하하."

동료의 하품에 그 옆에 있던 남궁세가의 무인이 작은 목소리로 타박을 줬다. 그러자 하품을 늘어지게 한 무인은 눈에서 찔끔 나오는 물기를 손등으로 스윽 훔쳐 냈다. 한기가 너무 심해 눈물방울이 그대로 얼어붙기 때문이었다.

아무리 천막으로 눈보라를 막고 있다고는 하지만 몰아치는 한기까지 막을 수는 없었다.

슥.

어둠이 그 순간 둘 사이를 지나쳤다.

"음?"

눈물을 닦아 낸 무인은 등골을 타고 흘러간 미묘한 감각에 의문이 섞인 탄성을 흘렸다. 그 행동은 당연히 같이 번을 서고 있던 동료의 반응을 이끌어냈다.

"왜 그러나?"

"아니, 뭔가 등을 스치고 간 것 같은 기분이 들어서."

"뭐?"

뭔가를 암시하는 그 말에 처음 미묘한 감을 느꼈던 무인의 눈빛이 순식간에 굳어갔다. 둘은 하수가 아니었다.

일류의 끝자락에 있는, 어디가도 대접 받을 수 있는 무력을 갖춘 둘이었다. 이들의 감각은 예민하고 날카롭다. 안 그러면 일류라는 소리도 못 들으니 말이다. 그런 무인이 이 상황에서 이런 감각을 느꼈다는 것.

이건 그냥 넘어갈 게 아니었다.

"……."

"……."

자세가 곧바로 낮아지고, 손가락을 입술에 붙였다. 검집에 손을 대고, 기감을 최대한 열고, 내력을 돌려 전신을 활성화하는 일련의 과정을 진행시켰다. 예열된 육체에 깊게 스며들어 있던 한기와 잠을 곧바로 쫓아내고, 서로 마주보고 있는 상태에서 정면 동료의 등 뒤를 서로 살폈다.

"……."

"……."

손가락이 하나 세워졌다가, 슥슥 앞뒤로 까닥거렸다. 그러자 그 신호를 받은 무인이 천천히, 아주 천천히 왼손을 품속으로 집어넣었다. 호각을 꺼내기 위해서였다. 그 행동은 정말 엄청나게 천천히 진행됐다. 결코 섣부르게 움직이지 않고 천천히, 천천히 넣었다. 앞섬에 닿았고, 손에 힘을 줘 이번에는 옷 속으로 집어넣기 시작했다. 끈적지근한 긴장감이 조성되었다. 입 안으로 침이 고였지만 입 안에 모을 뿐이지, 결코 목울대로 넘기지 않았다. 그것조차 긴장을 깨버릴 것만 같았기 때문이다.

그러나 고여 있는 침이 저도 모르게 생리적 반응으로 쑥 하고 목젖을 타고 넘어갔다.

꿀꺽.

"……."

"……."

흠칫!

휘이잉…….

둘은 동시에 몸을 굳혔다.

그 이후 세찬 바람이 두 사람의 전신을 쓸 듯이 스쳐 지나갔고, 본능적으로 한차례 몸을 떨었다.

그때였다.

한 손을 품에 집어넣어 호각을 잡으려던 무인의 등 뒤의 어둠이 일렁거렸다. 집중, 긴장하고 있지 않았다면 보이지 않았을 일렁거림이었다.

이들은 그래도 일류의 무인들. 반응은 즉각이다.

"숙여!"

"흡!"

삭!

외침과 동시에 고개를 숙이고, 머리가 있던 곳의 어둠이 갈라졌다. 갈라져 봐야 어차피 어둠이다. 무광의 검은 단검이 스쳐 지나간 것이다.

깡!

뒤이어 날아오는 연격을 숙이라고 외친 동료가 쳐냈다. 그와 동시에 호각을 든 무인은 앞구르기를 했다.

구르면서 호각을 주둥이에 물고, 일어나면서 있는 힘껏 불었다.

삐익!

날카로운 소음이 어둠을 갈랐다.

동시에 어둠이 짓이겨져 왔다.

깡!

까강!

깡깡깡!

무광이었지만 불꽃이 서로 튀면서 어둠을 아주 잠깐 밀어냈다. 삭! 서걱! 푹푹푹! 그러나 그 뒤로는 듣기 싫은 소리만 들려왔다. 반대 방향에서 나온 살수 하나가 호루라기를 분 무인의 몸을 순식간에 베고 찌른 것이다.

그 소리에 숙이라 소리쳤던 무인이 다시 소리쳤다.

"연흠!"

"큭, 크르르……."

순식간에 일굴을 베이고, 목젖이 갈라졌고, 옆구리에 칼침 세 방이 틀어박혔다. 숨 한 번 들이마셨다 내뱉기도 전에 일어난 일이었다.

그만큼 검은 그림자의 공격이 전광석화처럼 빨랐다.

"연흠!"

툭!

사악.

쓰러지는 동료를 부르짖은 게 그의 유언이었다. 어느새 다시 접근한 살수가 그의 목젖을 베어버린 것이다.

울컥 터지는 피.

본능적으로 목을 부여잡고 비칠비칠 물러나는 그의 시선에 그림자의 신형이 서서히 보였다. 긴장을 하고 있을 때도 못 봤는데 오히려 지금 보인다? 말도 안 되는 일이다. 살수가 스스로 모습을 드러내고 있어서 볼 수 있는 것이다.

우수에 찬, 혹은 애잔하다 할 수 있는 눈동자.

보는 즉시 슬픔에 젖어 있다는 걸 알 수 있는 눈동자를 보고 무인은 곧바로 이들의 정체를 알 수 있었다.

"비, 비인… 큭, 크륵, 크으으……."

찢어진 목젖 때문에 피가래가 끓으니 말을 하고 싶은데 제대로 나오지를 않았다. 애잔한 눈동자가 서서히 생기를 잃어가는 무인을 뚫어본다.

그러면서 무인은 다시 하나의 정보를 더 알아차렸다.

흐릿한 시야에, 그의 손등에 각인된 문신을 본 것이다.

"특……."

특(特).

단 한 글자였다.

그걸로 눈앞의 살수가 비인의 특급살객이라는 것을 알아차렸지만 무인은 그걸 아군에게 전달하지 못했다.

세상은 흐려지다 못해 아예 검어졌고, 좀 전까지만 해도 건강하게 쿵쿵 뛰던 심장이 멈추기 시작했기 때문이다.

스르륵.

무인을 죽인 살객이 쓰러지는 그를 받아 천천히 바닥에 눕혔다. 힘을 잃고 치워진 손 때문에 목에서 피가 줄줄 흘러 나왔다.

정확히 동맥을 베어버린 일격이 사인이 되겠다.

비인의 특급살객.

둘에서 셋이면 절정고수도 반드시 죽인다는 그들을 일류 무인이 상대할 수는 없는 노릇이었다. 그리고 이 비인의 살객이 어디 그저 그런 살수인가?

마도육가에 포함될 정도로 알아주는 살수 집단이다. 우스갯소리로 이런 말도 있다. 비인의 특급살객이 죽이지 못하는 의뢰는 그 누구도 성공하지 못한다고.

요인 암살이라면 특히 더하나.

아닌 게 아니라 정확히 알고 있는 사람들은 이런 평가도 내린다. 비인이 보유한 특급살객 전부를 내보내면 검왕도 죽일 수 있다고.

다만 그러지 않는 이유는 딱 하나, 정마대전 때문이라고. 검왕을 죽이는 순간 남궁세가가 일어난다.

남궁세가만 일어나나?

제갈가, 황보가는 물론 당가와 팽가도 동시에 일어선다. 자금과 무력을 앞세워 육중하게 키운 큰 덩치를 세운다음, 다시 잘잘 쪼갠다. 그리고 즉각 산개, 천하에 산재한 마도가를 쑤셔 버릴 것이다.

객관적인 시선으로 바라보면 누구나 이런 말을 한다.

정도오가라 불리는 오대세가. 그리고 마도육가. 이 둘의 균형추는 오대세가 쪽으로 기울어 있다고.

그렇기 때문에 치지 않은 것이다.

기도(企圖)되지 않은 것이다.

시도(試圖)조차 안한 것이다.

하지만 지금은 해도 되는 시기. 정마대전이 벌어졌으니 특급살객이 은밀히 움직이는 것 정도는 아무런 문제도 되지 않았다.

쫑긋.

앞으로 다시 몸을 날리려던 비인의 살객이 멈칫했다. 아무 것도 들리지 않았지만, 그의 귀로는 들린 음울한 소성(小聲). 그와 동시에 순식간에 전방의 어둠이 소리 없는 비명을 지르며 사라지고, 남궁세가 진형 전체에 환한 불이 퍼졌다.

걸린 것이다.

"아."

고개를 끄덕인 살객은 생각했다.

걸렸지.

살객은 미련 없이 신형을 돌렸다. 그리고 아직 걷어지지 않은 어둠 속으로 몸을 던졌다. 채 열 걸음도 걷기 전에 살객의 모습은 어둠에 먹혀 사라졌다.

이 일은 최전방에 위치한 남궁세가 경계조 전체에 일어난 일이었다.

＊　　　＊　　　＊

"사인은?"

"전부 다릅니다."

"전부 다르다?"

"예, 대주. 단 일격에 당한 대원도 있고, 수차례 급소를 당한 대원도 있습니다. 사용된 무기도 전부 다릅니다. 협봉검이 내표적입니나만… 난섬에 일반 꼬챙이까지 전부 사용됐습니다. 그래서 대원들의 몸에 남은 상처는 전부 절단된 면이 다릅니다. 뚫린 구멍의 크기도 마찬가지로 전부 다릅니다."

"비인이군."

"네, 그렇게 생각됩니다.

비인의 특징을 모를 리가 없다. 그들은 상징적 무기가 없다. 각각의 살객이 가장 좋아하는 무기를 개인적으로 만들거나 구입해 사용한다.

우드득.

중천의 주먹이 쥐어지고, 격렬한 울음소리를 만들어냈다. 입술 사이로 비집고 나오는 신음을 겨우 움켜잡아 삼켰다.

축시 말에 울린 날카로운 호각.

그 호각 소리는 쉬고 있던 남궁세가 무인 전체를 깨웠다.

내력으로 인해 감각이 예민하게 발전한 무인들. 게다가 연이어 있던 실전으로 더욱 더 날카롭게 다져진 기감이 소리를 순식간에 잡아내고 잠을 강제로 날려 버리게 만들었다.

즉각 곁에 두었던 무기를 패용하고 막사 밖으로 나왔다. 조마다 인원을 점검하고, 대기하던 조가 가장 먼저 소성이 들려온 곳으로 내달렸다. 한 조에 열 명. 달려 나간 조는 총 열두 개 조.

그들이 도착했을 때는 이미 상황은 종료되었고, 열두 곳에서 살아남은 무인은 단 한 명도 없었다.

지금 중천이 있는 곳은 대원의 시체를 모아 놓은 곳이다.

"노렸군. 중천검대가 번을 서고 있던 순간을."

"동감이야. 첫 번째가 철검대, 두 번째가 중천검대, 세 번째가 창천검대. 객관적으로 봤을 때 축시부터 번을 서는 중천검대가 가장 취약하지. 이때를 노리고 친 거야."

남궁유성과 철성의 대화였다.

중천은 이를 악물었다.

번을 서는 순번은 하루마다 뒤로 밀어진다. 이는 전투가 시작된 이후 변한 적이 없었다. 어제는 해시였고, 오늘은 축시다. 내일은 인시. 인시가 끝나는 순간 기상이다. 이렇게 계속해서 돌아왔다.

문제는 없었다.

기습도 없었고.

지금까지 괜찮았다.

그런데 오늘 문제가 일어난 것이다.

분노가 회오리처럼 몰아쳤다. 그 회오리에 화(火)까지 섞여들어 중천의 머릿속으로 몰려들었다.

"이해가 안 가는군. 왜 지금이지? 그리고 이 정도 실력이면 최소 일류나 특급인데."

"맞아. 기습은 안 들켜야 기습이지. 살행을 벌일 거였으면 더욱 더 들켰으면 안 돼. 근런데 숭전검대의 번에게 들켰다고?"

냉정하게 나오는 말에 중천의 이마와 눈썹이 꿈틀거렸다. 하지만 지금 둘의 대화는 중요한 대화다.

화를 억누르고, 눌렀다. 그래도 비집고 다시 나가려는 걸 강제로 의식 아래에 처박고 경청의 마음가짐을 가졌다.

"실력이 없어서? 혹은 실수?"

"둘 다 같은 말이지."

"이렇게 노리고 쳐들어 왔어. 목적도 없이 번만 잡으려고 하지는 않았을 거다."

"그 말에는 동감. 분명히 노리는 수가 있어."

지금 이 순간.

가장 적이 노리고 싶은 것은?

살객이라면 반드시 죽여야 하는 것은?

거기다 이미 목숨이 경각에 달려 있어 죽이기 쉽기까지 하다면?

"비천객?"

둘의 대화를 듣던 무인 하나가 저도 모르게 중얼거렸다. 멍하게 나온 걸 보니 생각하고 나온 말이 아니었다. 머릿속에 떠오르는 순간 즉시 입 밖으로 튀어 나온 것이다. 그만큼 부지불식간에 나온 대답이었지만, 그 말은 모두의 시선을 한곳으로 모았다.

"……."

"……."

잠시간 말없이 그 무인을 바라봤다.

침묵을 깬 것은 남궁유성.

"자네 이름은?"

"네? 네! 중천검대 이대 소속 남궁이경입니다."

"기억해 두지."

쉭.

순식간에 셋의 신형이 사라졌다.

사라진 사람은 당연히 남궁유성, 남궁철성, 그리고 중천이었다. 그들은 있는 최대한 내력을 끌어 올려 정말 바람처럼 달렸다.

남궁가 직계만이 익히는 천리호정(千里戶庭)이 극성으로 펼쳐졌다. 순식간이었다. 꽤 먼 거리였음에도 그들이 무린이 잠들어 있는 막사에 도착한 것은.

그러나 도착했을 때 이미 상황은 종료되어 있었다.

털썩.

하얀 가면을 쓴 비천대원이 남궁세가의 무복을 입은 사내 하나를 끌어다 휙 하고 던졌다. 아니, 사내가 아니라 시체였다.

이미 목이 없었으니까.

아니 목만 없는 게 아니라 왼팔은 팔꿈치까지 없었고, 옆구리도 성인 머리 크기만큼 뻥 뚫려 있었다.

"이게 비인의 살객인가?"

"흠."

검을 슥 털며 익숙한 노인이 막사와 막사 사이의 어둠 속에서 걸어 나왔다. 셋은 노인의 얼굴을 보는 순간 고개를 깊게 숙였다.

남궁무원이었다.

스르릉.

납검과 동시에 셋에게 손을 휘휘 저은 남궁무원은 다시 무린의 막사 옆에 있던 막사로 들어갔다. 남궁무원이 들어가고 나자 셋은 긴장했던 마음을 풀었다. 비인의 목표가 비천객 같다는 느낌이 든 순간 달려왔다. 예상대로 비인의 살객이 노린 목표는 비천객이었다. 하지만 이미 정리가 되어 있자 갑작스럽게 조였던 긴장이 풀렸다.

하나하나 상황이 눈에 보였다.

남궁세가의 무복을 구해 입은 살객은 하나였다. 아마, 특급 살객이었을 것이다. 그렇지 않다면 아마 들어오지도 못했을 것이다.

지금 보니 하얀 가면을 쓴 비천대원의 팔에서 피가 뚝뚝 떨어지고 있었다. 부상을 입은 것이다.

딱 봐도 범상치 않아 보이는데 말이다. 이 정도의 무인이 부상을 입었다는 것은 살객의 공격이 그만큼 은밀했다고 봐야 했다. 그렇다면 나오는 답은 역시 특급살객.

"후우… 깜짝 놀랐네."

남궁철성이 깊은 안도의 숨과 함께 말하자, 중천도, 남궁유성도 고개를 끄덕였다. 남궁유성은 그 후 곧바로 신형을 돌려세웠다. 그리고 뒤도 돌아보지 않고 왔던 길을 되돌아갔다. 남궁철성도 그 뒤를 따라갔다.

둘이 떠나자 다가오는 가녀린 신형.

"오라버니가 걱정되어 오셨습니까?"

"그래, 후우. 깜짝 놀랐다."

조용히 다가와 물은 무혜의 말에 중천도 안도의 한숨을 내

쉬면서 대답했다. 갑자기 내력과 체력을 극한으로 끌어 써서 인지 그의 얼굴은 붉게 상기되어 있었다.

"걱정 마십시오. 이곳은 안전합니다."

"그래, 그래 보이는구나."

주변을 둘러보는 중천.

막사를 아예 포위하듯이 경계하고 있는 비천대가 보였다.

'이 정도면 개미새끼 한 마리도 못 들어가겠군.'

작정한다면 정말 개미도 출입이 불가능할 것이다. 심지어 팔방을 잡아 초소까지 세워놓았다. 막사가 높지 않으니 나무 몇 개만 지면에 박으니 무기가 닿지 않는 거리에서 접근하는 전부를 볼 수 있었다.

숨이 턱 하고 막힐 경계였다.

"돌아가는 상황을 알고 싶습니다."

"음, 기습이 있었다. 전방경계 열두 개 조가 전부 당했어. 근데 너무 쉽게 발각됐기에 혹시 다른 목적이 있는 게 아닐까 생각하던 중 무린이 생각났다. 그래서 이곳으로 급히 달려온 것이다."

"비인의 살객이었습니까? 그들은 돌아갔습니까?"

"후퇴하는 걸 확인하지는 못했다. 대기조가 달려갔을 땐 이미 상황은 끝난 뒤였고, 주변에는 전투의 흔적 빼고 아무것 도 없었다."

"……."

"왜 그러지? 아, 내가 깜빡했구나. 네가 누군지."

중천은 무혜를 깜빡했다.

이곳에서의 무혜는 그저 동생이 아닌, 아녀자가 아닌, 힘없는 여인이 아닌 천리통혜라 불리는 희대의 군사다.

누구도 무시할 수 없는, 어쩌면 이번 전쟁에서 가장 큰 공을 세웠다고 해도 과언이 아닌 사람이 바로 무혜다.

그녀가 보는 상황과 자신이 보는 상황은 결코 같을 수가 없었다. 애초에 축적된 지식과 지혜의 격이 달랐다.

성향도 달랐고, 본질을 바라보는 눈도 달랐다.

'군사라는 존재는 그 무엇을 보더라도 의심하고 또 의심한다 했지.'

고개를 주억거리는 중천이다.

그 말처럼 군사란 그렇다.

말을 들어도 곧이곧대로 듣지 않는다. 토씨 하나까지 그냥 넘어가지 않고 의심한다. 스스로 정한 기준에 따라 확신이 생기기 전까지는 결코 믿지 않는다. 그냥 넘어간다? 절대 그러는 법이 없는 게 바로 군사다.

수많은 의심 사이에서 믿음과 진실을 얻어내는 게 그들의 일. 그렇게 나온 믿음과 진실은 계략과 작전이 되어 아군을 승리의 길로 이끈다.

그게 군사다.

무혜는 그런 군사 중 가장 뛰어나다 평가되는 천리통혜.

"이상한 점을 발견했느냐?"

"예."

"어디가 이상하지? 말해주었으면 좋겠구나."

"아직 말할 단계는 아닙니다. 하지만, 적군에 조금이라도 머리 쓰는 사람이 있다면 결코 여기서 끝나지 않을 겁니다."

"이렇게 끝나지 않는다? 앞으로 주의를 돌려놓고 뒤를 쳤나. 이미 한 번 쇠았지. 그런데 여기서 한발 더 나간다?"

"저라면 반드시."

"……."

중천의 얼굴이 곧바로 굳었다.

무혜의 말을 의심한다?

중천은 고개를 저었다.

자신의 머리가 무혜를 따라가지 못한다는 것을 인정해야 한다.

'내가 가늠할 수 있었다면 무혜가 천리통혜란 명성도 얻지 못했겠지…….'

인정할 것은 인정하는 게 빠르다는 결론을 내린 중천은 다시 무혜를 바라봤다.

"오라버니를 노리는데 하나의 살수만 보냈습니다. 왜? 당연히 부상당한 오라버니가 삼엄한 보호 속에 있다는 것을 모를 리 없는데 말이지요."

"……."

"반대로 생각하면……."

"반대로?"

"……."

무혜는 고개를 끄덕였다.

그리고 뭐가 마음에 안 든다는 듯이 인상을 찡그렸다. 왜? 그 이유도 궁금했지만, 반대로 생각하면 나올 답이 좋은 쪽은 아니라는 것을 본능적으로 깨달았다. 그래서 중천은 조급해졌다. 확인하고 싶었던 것이다.

"이 오라비 속을 다 태워 버릴 작정이냐. 어서 말해다오!"

후우…….

한숨과 함께 무혜의 입이 다시 열렸다.

"이곳을 노린 살객도 미끼라는 소리지요."

"이자도… 미끼라고?"

"예. 전방 경계를 쳐서 이목을 집중시키고, 뒤로 오라버니를 쳐서 다시 한 번 이목을 끌었습니다."

"그, 그래서?"

"살객이 입은 옷은 남궁세가의 무복."

"……."

꿀꺽.

중천의 목울대로 침이 넘어갔다.

긴장감이 전신을 감싸고, 그 결과 오돌토돌 소름이 일어났다. 짜릿한 감각이 등골을 사르르 어루만지며 내려왔다.

"먼저 가신 두 분은 이 상황을 봤습니다. 자, 그럼 저 두 분이 가서 할 일이 뭐겠습니까?"

"그야 당연히 아직 숨어 있을 살객을 찾기 위한… 아!"

콰르릉!

중천의 뇌리로 천둥번개가 벼려져 내렸다.

이제야 이해가 갔다.

이 상황이.

마지막 노림수가.

무혜가 쐐기를 박았다.

"점검을 하기 시작하니 소란스러워지는 진형. 소란스러운 진형 안에 살객이 아직 있다고 가정한다면 이들이 노리는 최종적 목표는?"

"……"

누굴까?

뻔하지 않은가.

이 진형을 이끄는 자다.

파앙!

중천이 있던 자리가 터져 나갔다.

그가 사라지고 백면이 다가왔다.

"도울 거요?"

"됐습니다."

무혜는 딱 잘라 말하고 미련 없이 몸을 돌렸다.

이 정도만 해도… 많이 해줬다.

막사로 들어가는 무혜를 보고, 백면은 어깨를 으쓱했다. 주변에서 무혜와 중천의 대화를 전부 들은 비천대도 피식 웃었다.

하지만 다들 놀라워했다.

이 모든 것을 순식간에 파악해 낸 것도.

가차 없이 도움을 주지 않겠다고 잘라 버리는 것도.

비천대원 전체의 공통적으로 든 생각은 딱 하나였다.

무혜와 척을 지면… 참 사는 게 힘들어지겠다고.

안 그래도 추운데, 더욱 서늘한 추위를 비천대는 무혜에게서 느꼈다.

* * *

"모두 모여라!"

"각 조의 조장들은 빠르게 조원 파악하고 인원 보고해!"

남궁철성과 남궁유성이 진형으로 돌아와서 가장 먼저 한 일은 남궁세가 무인들을 전부 소집, 그 후 인원점검이었다.

살객이 남궁세가의 무복을 입은 이상 당연한 절차였다. 안으로 침입한 살객이 무린을 노렸던 자 하나라고 단언할 수 없는 상태.

"더 있을까?"

"모르지. 모르니까 점검하는 것이고."

남궁철성의 질문에 옆에 서 있던 남궁유성이 굳은 얼굴로 하나둘씩 모여들고 있는 남궁세가 무인들을 바라보며 대답했다.

"이렇게 한다고 파악이 가능하면 좋겠는데……."

"음……."

사실 힘들다.

전혀 낯선 얼굴이 있지 않은 이상 곧바로 파악하는 건 불가능하다. 당연하게도 남궁세가 무인 전체의 얼굴을 외우는 것은 무리다. 하지만 같은 조원이라면 뒤바뀐 자를 어렵지 않게 찾을 수 있을 것이다.

하지만 여기에도 문제가 있다.

"인피(人皮)가 문제군."

"게다가 이 시각이니… 모른 척 조용히 입 다물고 있어도 누구도 이상해하지 않겠지."

"제대로 노리고 왔어."

아군의 틈에 적군이 심어놓은 칼이 있다.

이건 정말 신경 쓰이는 일이다. 자다가 칼을 맞을 위험이 생겼다는 뜻이니 말이다. 게다가 숨어들었다는 것은 이유가 있다는 것.

그럼 그 이유가 뭘까?

"상황은?"

"지금 파악 중입니다."

조용히 곁에 다가온 남궁현성의 말에 남궁유성이 예를 취하고는 대답했다. 푸른 무복 차림의 남궁현성의 얼굴은 굳어 있었다.

전격적으로 이루어진 기습, 그리고 암살기도.

설마 비천대가 오고 나서 이틀 만에 적이 이렇게 나올지는 예상치 못했다. 게다가 비천객의 생사결 승리 후 벌어진 일.

대체 얼마나 남궁세가가 우스웠으면…….

"들어온 살객은 하나라 했나?"

"네, 가주."

"실력은?"

"절정 경지의 비천대원에게 상처를 입힌 걸로 보아 최소 특급이라 보입니다."

"흠……."

특급.

특급살객은 위험하다.

그건 남궁현성이 누구보다 잘 알고 있었다. 가주의 자리는 일인지하 만인지상(一人之下 萬人之上)의 자리임이 분명하다.

하지만 그렇기 때문에 언제나 위협에 노출된 자리이기도 하다. 남궁현성이 아는 한, 본가가 태동한 이래 살수의 손에 비명횡사한 가주도 두세 명이나 되는 걸로 알고 있다. 세가 내에서 벌어졌던, 그러니까 아직 확실히 자리를 잡지 못했을 때 벌어진 일이나.

가주직을 놓고 벌어진 암살.

지금이야 천하제일가가 된 마당이니 이런 암살 위협에서 상당히 안전해졌지만 그래도 방심할 수는 없었다.

"적들의 목표는 확인했나?"

"지금으로 봐선 요인 암살밖에 없다고 보입니다. 문제는 그 대상이 누구인지 파악이 불가능하다는 점입니다. 최초 비천객을 노렸지만, 진짜 목표가 비천객인지도 확실하지 않습니다. 경비가 상당히 엄중하니 말입니다."

"그럼 우리일 가능성은?"

"모르겠습니다. 아무리 특급살객이라 하더라도 이런 상황에 그리 큰 힘을 쓸 수 있을 거라고는……."

생각지 못하겠다고?

남궁현성은 주변을 살폈다. 곳곳에 피워놓은 모닥불로 인해 어둠은 상당히 걷혔지만 그래도 완전히 낮처럼 밝아진 것은 아니다.

소요진을 몰아치는 눈보라 때문에 평일의 밤보다 훨씬 짙은 어둠이 깔렸다. 구름이 달빛조차 가려 버렸기 때문이다.

정말 내력을 돌려 안력에 집중하지 않으면 사위가 어둠이다. 불을 피워놓은 곳도 겨우 주변만 밝히고 있을 뿐이다.

남궁현성은 생각했다.

오늘밤은 정말 살수를 펼치기에 딱 좋은 밤이라고.

하지만 그래도 문제는 있다.

'대체 누구지? 시간이 길어지면 결국은 들통 날 텐데?'

이미 경각심의 일부로 이렇게 새벽인데도 모이게 했다. 그리고 상황을 전파할 것이다. 그러면 평소의 동료라 하더라도 조금씩 주의 깊게 보기 시작할 것이다. 제아무리 살객이라 하더라도 자신이 연기하고 있는 인물의 모든 것을 예전과 똑같이 행동할 수는 없을 것이다. 목소리, 행동 등 다방면에서 결국 티는 나게 되어 있었다.

살객이니 혹시 있지 않을까?

남궁현성은 고개를 저었다.

'그런 무공이 있다는 것은 듣지 못했다. 있었다면 비인이야 말로 마도일가겠지.'

차분해진 눈으로 계속해서 모여들고 있는 세가의 무인들을 직시하는 남궁현성. 이상한 점은 당연히 잡히지 않았다.

하품을 하며 나오는 무인. 내력을 아끼려고 추위에 떨고 있는 무인. 무슨 일인지 아직 파악을 못해 옆에 있는 무인과 수다를 떨고 있는 무인. 아직도 잠이 깨지 않아 꾸벅꾸벅 졸고 있는 무인.

전부 제각각이었다.

'요물이군, 전부 의심스러워.'

의심은 징빌 무서웠나.

잠들기 전까지만 해도 든든했던 세가의 무인들이 지금에 이르러서는 전부 의심스럽게 보이고 있었다.

어처구니가 없는 일이었다.

"줄 맞춰 서!"

"각 조장들은 인원 파악 빨리해라! 그래야 들어간다!"

부대주들이 여기저기서 소리치고 있었다.

바람 소리를 가르고 들리는 그들의 목소리에는 미약하지만 짜증이 깃들어 있었다. 그걸 모를 남궁현성이 아니었다.

굳은 인상이 더 굳어갔다.

'좋지 않군.'

의심은 제 살을 파먹는 짓이다.

물론 의심은 믿음으로 가는 단계이기도 하지만 지금은 상황이 달랐다. 이렇게 행동하는 것 자체가 짜증을 유발하고 있었다.

이건 곧 전투력의 하락이다.

전투력의 하락은 생존 가능성 자체를 하락시킨다. 본능적으로 낌새를 눈치챈 몇몇 무인이 주변을 훑고 있었다.

그건 또 다른 의심을 불렀다.

남궁철성이 주변을 슬쩍슬쩍 바라보는 철검대 대원 몇을 보면서 중얼거렸다.

"이거 큰일이군."

"동감이야."

남궁유성도 마찬가지였다.

뭔가 일이 벌어졌다는 걸 파악한 창천대의 무인을 지긋이 바라보고 있었다. 그 눈빛에는 의심이 가득 차 있었다.

이 상황에 주변을 훑어보는 행동.

당연히 고운 눈으로 볼 수 없었다. 평소라면 눈치가 빠르다 생각하고 그냥 넘어가겠지만 지금은 말했듯이 상황이 달랐다.

저 행동 하나하나 전부가 의심스럽다.

"마가 씌였군."

"그러게 말이야."

의심이란 정말 말 그대로 마(魔)에 가깝다. 그것도 심마다.

무인이라면 가장 기피해야 할 심마가 지금 둘의 심중에 깃든 것이다.

잘못 판단하면 이것은 중대한 실수로 이어질지도 모르는 상황. 남궁현성은 이대로는 안 되겠다고 판단했다.

"창천대주, 철검대주."

"네."

"네, 가주님."

"따라오도록."

바로 능을 놀려 자신의 막사로 들어가는 남궁현성을 따라 둘이 들어갔다. 남궁현성은 곧바로 대화를 시작했다.

"이대로는 안 되겠다. 적이 침투했다는 얘기는 하지 않는 게 좋겠어."

"불신 때문이십니까?"

"그래, 지금이야 괜찮겠지만 살객 색출이 빨리 끝나지 않으면 점차 서로를 믿지 않을 것이다. 그럼 그 뒤에는? 전투 중 등을 맡기는 것도 거부할 것이야."

"등 뒤에 칼……."

서로 인상이 확 굳어갔다.

동료가 무언가.

전우가 무언가.

전투 중 서로 등을 맞대고 적과 싸우는 존재를 전우, 동료라고 한다. 그런데 불신이 깊어지면 그 같은 상황은 벌어지지 않는다. 벌어지지 않으면? 믿었던 아군이 자신의 후미를 노리고 공격해 오는 적의 칼을 받아줄 사람이 없어진다.

그럼 그대로 거대한 위험에 노출되는 것이고, 이겨내지 못하면 곧바로 죽음으로 이어질 것이다.

그렇게 피해가 누적되면?

전황이 기울고.

기운 전황은 전쟁의 승패를 패전으로 기록하게 될 것이다. 그러니 아군끼리의 불신은 절대로 안 될 일이다.

"함구하고, 일단 각 조장에게만 따로 전달해서 알려라. 조장들에게도 주지시켜야 한다. 절대 내색하지 말라고."

"네, 알겠습니다."

"네."

"우리가 심각한 표정을 지으면 그걸 보고 동요가 올 수도 있으니 표정 관리도 하고."

끄덕.

둘은 곧바로 막사를 나갔다.

이제 응기응변으로 간단히 전파 사항을 말하고 해산시킬 것이다. 그리고 조장만 따로 불러 상황을 설명하고 명령을 하달할 것이다.

명령이야 당연히 살객 색출이다.

그렇게 새벽에 일어났던 모든 상황은 끝.

하지만 남궁현성은 뇌리가 근질거렸다.

정말 이걸로 끝일까?

사르르.

또다시 의문의 뱀 한 마리가 등골을 타고 흘러 내렸다. 한서불침(寒暑不侵)은 아니더라도 웬만해서는 더위와 추위를 타지 않는 남궁현성의 등 뒤로 식은땀이 주르륵 흘렀다. 푸른 무복이 순식간에 젖어들었다.

그만큼 극노도 신상했나는 뜻.

'있어. 시간 끌면 분명히 좋지 못해. 제 아무리 특급살객이라도 티가 날 테니까. 뭐지? 뭐를 노리는 거지?'

분명하게 느껴지는 것은 하나 있다.

아무런 이유도 없이 이런 일을 벌이지는 않았을 것이라는 것.

'최초의 습격, 그 후 비천객의 암살, 본가의 무복을 입고 잠입, 그 다음은?'

간질간질거리는 게 생각이 날 듯 하면서도, 나질 않았다. 굉장히 불쾌한 감정이 순간적으로 머릿속으로 침입했다.

있다.

분명 뭔가 있다.

그런데… 그게 생각나지 않을 때의 기분.

참담할 정도의 짜증이 유발되고 만다.

게다가 불길함까지 뒤섞여 아주 엉망이었다.

답답한 마음에 막사를 나서는 남궁현성.

나서기 전 잠시 굳은 얼굴을 침착한 표정으로 만들고 난 뒤 막사를 나섰다. 철검대주와 창천대주가 간단히 상황을 설명하고 있었다.

적의 기습이 있었고 그 와중에 중천검대의 소속의 무인들이 전사했다. 앞으로 경계조를 더욱 엄중히 짤 것이고, 이런 일은 다시는 안 일어날 테니 안심하는 말. 그리고 각별히 조심하라는 말. 그걸 끝으로 눈보라가 멈추면 이젠 전쟁을 끝낼 대전이 시작될 것이니 각자 몸 관리를 잘하라고 전달하고 조장만 남기고 해산시키는 둘이었다. 수백에 이르는 무인이 일시에 흩어졌다.

산지사방, 각자가 소속된 막사로 전부 이동하기 시작하자 진형 안은 순식간에 혼란으로 가득 찼다.

저마다 막사의 위치가 다르니 서로 중구난방으로 흩어졌다. 그러다 보니 부딪치기는 예사였다.

"……."

그걸 보고 남궁현성의 뇌리로 벼락같이 뭔가가 스쳐지나 갔다. 좀 전까지 자신을 괴롭히던 답답한 짜증, 그리고 불길함의 정체를 깨달았다.

'이거였나······.'

본능적으로 검집으로 이동하는 오른손.

직후 남궁현성은 사위를 뚫을 듯이 노려보기 시작했다.

*　　　*　　　*

바람처럼 내달린 중천은 오십 장밖에 안 되는 거리가 이렇게 멀게 느껴지는지 정말 미칠 것 같았다.

주절을 실패한 숨이 폐를 입박했나.

물론 중천 정도의 무인이면 그 정도야 엄청 미미해서 신체에 아무런 영향을 줄 수는 없을 것이다. 하지만 반대로 생각하면 지금 중천이 그만큼 다급하다는 것을 뜻했다.

중천 정도의 무인이 호흡 조절을 실패할 정도이니 말이다.

'빌어먹을!'

왜 이렇게 멀어!

쫙쫙 치고 나가고 있건만 아직도 빛이 저 멀리 보일 정도였다. 사실 중천이 무혜의 말을 듣고 몸을 날린지 얼마 되지도 않았다.

촌각이 조금 지났을 정도다.

하지만 그래도 중천은 불안했다.

전방의 기습이 있고 나서 진형은 더욱 밝아졌다. 게다가 지금 육안으로도 확인이 되고 있었다.

'혜의 말이 맞아!'

모두 모이라는 명령을 내린 모양인지 곳곳에서 무인들이 보이고 있었다. 아니, 이제 벌써 할 말을 끝내고 해산 명령을 내린 것 같았다.

수많은 무인이 각각이 막사로 향한다.

여기서 생기는 혼란.

'안 돼!'

정말 무혜의 말이 이렇게 딱딱 떨어지니 소름이 다 돋을 지경이었다. 내력을 돌려 세가비전 천리호정(千里戶庭)을 더욱 극성으로 펼치는 중천.

사아악!

바람처럼 날아가고 싶은 그의 마음과는 달리 신형은 세가의 혼란한 진형에 막혀 있었다.

"비켜! 비켜라!"

"헛!"

우렁하게 나온 그의 외침에 일순간에 움직이던 무인을 그 자리에 멈추게 만들었다. 내력이 가득 찬 외침이 갑작스럽게 터졌으니 반사적으로 무인들이 몸을 굳히고 멈춘 것이다. 당연한 반응이었고, 그게 중천의 뇌리에 묘수를 떠올리게 만들었다.

'움직이는 놈!'

만약 목적이 있다면 지금 거의 전부가 멈췄을 때 움직일 것이다. 그럼 그놈을 일단 의심해야 한다.

사아악!

바람처럼 날아가는 와중에도 중천의 눈동자가 사방을 훑었다. 촤라락. 좌부터 우로 순식간에 훑어가는 중천의 시선에 몇 놈이 걸렸다.

중천의 외침에도 아랑곳하지 않고 한곳으로 움직이는 이들.

게다가 그들은 지금 모여들고 있었다.

의심은 한계를 넘어 중천에게 확신을 심어줬다. 입이 열리고 다시금 내력으로 가득 찬 외침을 토했다.

아니, 토하려 했다.

"멈⋯⋯!"

푹.

앞에 멍한 얼굴로 자신을 보며 서 있던 무인을 지나칠 때, 화끈한 통증이 전신을 사로잡으면서 중천의 외침을 막았다.

퍽!

그 순간 중천의 손이 움직여 자신의 옆구리에 비수를 틀어박은 무인의 얼굴을 후려쳤다. 내력의 집중이 극으로 이루어지지 않았지만 중천검왕의 일격은 대충 뿌려도 바위를 부순다. 머리가 박살나고 피분수가 솟구쳤다.

인간의 머리를 구성하고 있는 갖가지 내용물이 쏟아졌고, 순식간에 비릿하고 역겨운 냄새를 주변으로 뿌리기 시작했다.

"큭……."

그러나 옆구리에 비수가 박힌 중천의 얼굴에는 아무런 영향도 끼치지 못했다.

'빌어먹을…….'

방심했다.

뇌리에 오직 가주에 대한 생각이 가득 차 있는 바람에 설마 자신이 표적일 것이라는 생각은 하지도 못했다.

"소, 소가주님!"

"대주!"

가장 가까이 있던 중천검대와 철검대의 무인이 다가왔다. 그러나 그에 중천은 반사적으로 몸을 날려 거리를 확보했다.

"다가오지 마라!"

"소, 소가주님……?"

"대, 대주! 왜 그러십니까!"

"오지 말라고 했다."

그러나 그 말에도 아랑곳하지 않고 둘은 다가왔다. 그에 중천의 눈동자가 차갑게 가라앉았다.

옆구리에 일격을 허용했어도 중천은 검왕의 별호를 받은 사람이다. 하늘 높이 떠 있는 중천검왕(中天劍王).

스르릉.

검이 뽑혀져 나오면서 벼락같이 휘둘러졌다.

촤라락!

차가운 분노를 담은 창궁무애검의 절초가 순식간에 둘에게 몰아쳤다. 가가각! 눈 덮인 대지를 긁어내고, 거무튀튀한 대지의 속살을 발기며 쇄도하는 그 검기를 철검대원과 중천검대원이 피했다.

사삭!

"소, 소가주님! 왜 그러십니까!"

"대주님! 저 왕억입니다!"

피한 둘이 억울한 표정으로 중천에게 항의했다.

"갈!"

쩌렁!

거리는 겨우 일 장.

이 거리에서 쏘아진 검기를 둘이 피했다고? 중천이 심각한 내상을 입었거나, 이빨 빠진 호랑이도 아닌데 피했다고?

말도 안 되는 소리다.

이걸 피했다는 것 자체가, 이 둘이 그냥 철검대원과 중천검내원이 아니라는 것을 증명했다.

사악.

일 장에서 일 장 반으로 늘어났던 거리가 순식간에 좁혀졌다.

전방에서 다가오는 둘.

"흡!"

쩡!

서걱!

벼락처럼 검을 휘둘러 튕겨내는 순간 이격을 뿌려 검을 쥔 손목을 잘라냈다. 고속의 공격전환이다.

쩌정!

그리고 그대로 검을 이어서 뿌려 철검대원의 검을 쳐냈다.

중천검왕의 별호가 과연 아깝지 않았다. 다만, 내력의 소모도 컸다. 손목이 잘린 중천검대의 대원이 잘린 손목을 보고도 아랑곳하지 않고 재차 몸을 날려 왔다.

어느새 표정은 그들의 얼굴에서 좀 전의 항의하던 기색은 사라지고 없었다. 대신 자리 잡은 것은 슬픔.

비인의 살객이다.

퍽!

어깨부터 파고들어간 일격이 허리까지 들어왔다. 심장까지 쪼개 버린 검상. 치명상 정도가 아니다.

이 정도면 즉사다.

"큭……."

그러나 슬프게 웃는 비인의 살객을 보면서, 중천은 등골이 곧바로 시려왔다. 살기에 반응한 것이다.

판단은 빨랐다.

검을 놓은 즉시 옆으로 몸을 날려 데굴데굴 굴렀다.

나려타곤(懶驢打滾).

무도(武道)를 걷는 무인들이 그렇게 싫어한다는 나려타곤의 수로 겨우 살객의 일격을 피했다.

삭.

그러나 어깨가 쭉 벌어지는 검상을 입었으니 완전히 피한 것도 아니었다. 하지만 나려타곤이 아니었으면 어깨가 베인 게 아니라 떨어져 나갔을지도 몰랐다.

'제길!'

옆구리의 비수는 뽑지 않았으니 출혈은 크지 않았다. 다만 어깨는 제대로 베였는지 피가 금세 뭉클뭉클 흘러 나왔다.

그러더니 순식간에 의복을 적시기 시작했다.

다만, 그렇게 피가 남으로써 이성이 차분하게 가라앉았다. 상황에 냉정하게 대처할 수 있게 됐다.

'이런 상황이니 도움을 요청할 수도 없다.'

도와주는 척하다가 다시 뒤에서 검을 날려 오면 그때 정말 답이 없다. 뇌해야 하는 것만이 능사인데, 지금은 피하는 것도 불가능하다.

픽!

중천에게 어깨부터 허리까지 일격을 허용한 살객의 머리가 날아갔다. 가장 근처에 있던 무인 하나가 그대로 후려친 것이다. 작정하고 내력을 담았는지, 아예 터져 버렸다.

게다가 담긴 기운과 장(掌)이 흘렀던 로(路)를 보니 천풍장력(天風掌力)의 흐름을 그대로 타고 갔다.

보는 순간 감각적으로 알 수 있었다.

수십 년을 느꼈던 기운이고, 보아 왔던 장법의 투로를 어찌 모를까.

그러니 확신이 섰다.

"이쪽으로 와!"

저 무인은 아군이라는 것을.

"예, 대주!"

그 말을 들은 젊은 무인이 순식간에 몸을 날려 중천에게 다가왔다. 다가오는 것도 그냥 오지 않았다.

상황을 이해했는지 천풍신법(天風身法)을 이용해 다가왔다. 극성은 아니지만 어느 정도 경지에 든 신법이었다.

"내 뒤를……."

푹.

등에서부터 화끈한 통증이 일어났다.

아니, 차가운 얼음이던가?

"네놈……."

"이날을 위해 거의 십 년간 이 두 개만 연공했지."

"……."

큭…….

잇새로 나오는 신음을 막기 힘들었다.

그러나 그래도 몸은 움직였다.

퍽!

손등으로 돌려 친 일격이 등에 비수를 꽂은 살색의 어깨를
후려쳤다. 본래는 얼굴이었지만 그가 몸을 비틀어 빼는 바람
에 거우 어깨에 그친 것이다.

그러나 그것만으로도 살객의 어깨가 주저앉았다.

실려 있던 내력이 어깨뼈를 아예 부스러트렸을 것이다. 그
런데 살객의 얼굴 표정은 조금의 미동도 없었다. 극심한 통증
이 전신을 휩쓸고 있을 텐데도 정말 조금의 변화도 없었다.
그럴 수 있는 이유는 딱 두 가지다.

통증을 관장하는 신경계를 아예 끊어버렸거나.

신음은 물론 표정조차 미동도 없게 만들 굉장한 정신력을
지녔거나.

'둘 다겠지.'

인위적으로 신경노 끊었고, 수련 과정에서 극도의 정신 단

련을 했다. 살객의 수련 과정을 알지는 못하지만 대충 예상은
갔다.

기계(機械).

행동부터 정신까지. 딱 그 단어를 연상시켰다.

"뭘 보고 있어! 제압해!"

그때 등장한 남궁철성.

그는 나타남과 동시에 그렇게 소리치고 자신이 먼저 몸을
날렸다. 후웅! 후웅! 두 번이나 그의 검을 피해낸 살객.

과연 특급살객이었다.

퍼걱!

그러나 삼 격째는 피하지 못했다.

남궁세가가 자랑하는 천하삼검의 일인, 철대검(鐵大劍) 남
궁철성의 검은 그리 녹록한 게 아니다.

세가의 모든 검 중 가장 묵직한 중검(重劍)이지만 결코 느
리지 않았다. 중검의 가장 큰 묘는 압박이다.

가공할 기세로 전 방위를 압박, 잠시의 움찔거림을 만들어
낸 후 타격. 그게 바로 중검의 공격법이다.

살객은 두 번은 피했지만, 세 번째의 압박은 벗어나지 못했
다. 움찔거렸고, 그걸로 끝이었다. 대가리가 송두리째 날아간
살객은 꿈틀거리지도 못하고 그대로 쓰러졌다.

그 뒤를 이어 남궁유성의 빛살 같은 섬전십삼검뢰(閃電十

三劍雷)를 뿌렸다. 중천의 등에 비수를 꽂은 살객은 어깨가 터져 나갔다. 그러나 곧바로 몸을 다시 던졌다. 그 던진 몸의 경로에는 중천이 있었다.

"이놈!"

쩡!

퍼벅!

그러나 중천은 역시 중천이다.

순식간에 천뢰삼장(天雷三掌)의 초식으로 손을 뻗어 검을 쳐내고, 가슴, 그리고 턱을 두 차례 올려쳤다.

범인이라면 중천의 손에서 침투한 내력으로 인해 비명을 질러도 수차례 질렀을 테지만, 살객은 그대로 쓰러지는 걸로 끝났다.

털썩.

지면에 몸을 누인 살객.

미동도 없었다.

죽었으니 당연히 미동도 없겠지만, 신경 반응이라도 있어야 되는데 살객은 그런 것도 없었다. 단 한 방에 중천의 내력이 그의 육신을 모조리 헤집었기 때문이었다.

"소가주! 괜찮으십니까!"

남궁철성이 급히 그의 곁으로 달려왔다.

"큭, 크으."

짧은 신음을 내는 중천.

그러나 마음은 편했다.

여태 누가 적인지 몰라 주변 전부를 의심했었는데, 남궁철성이 다가오자 마음이 놓였다.

"부상은 어떻습니까?"

"후우, 급소는 겨우 피했습니다."

그 물음에 한숨과 대답한 후, 고개를 절레절레 젓는 중천이었다. 중천은 그 짧은 찰나 반응하기까지 했다.

제대로 급소에 틀어박혔을 것을 겨우 비틀어 그냥 살만 파고드는 걸로 끝나게 만들었다. 제대로 맞았으면 말도 못했을 것이다.

말할 때마다 피가 울컥 올라왔을 것이다.

상황이 끝나자, 아니 일차적으로 상황이 종료되자 진형은 당연히 혼란이 찾아왔다. 눈앞에서 소가주가 암습을 받았다.

그것도 이렇게 사람은 많은데 말이다. 게다가 얼굴도 익숙한 자들이 소가주를 공격했다. 쓰러진 넷. 그들은 좀 전까지만 해도 대화하던 동료였다.

사고가 상황을 따라가지 못해 얼어붙은 듯이 넋을 놓았다.

좀 더 지났다면 움직였겠지만, 그 전에 철대검과 창천대검이 난입해 상황을 빠르게 종결시켰다.

멍하다.

순식간에 폭풍이 휩쓸고 지나간 것처럼, 미처 대비하기도 전에 지붕 처마를 모조리 날려 버리고 사라진 것처럼, 그저 멍했다.

이게 대체 뭔 일이야…….

했다가.

소가주가 암습을 받았어? 내 눈앞에서?

하고 어이없어 했다.

이 개자식들이…….

그 후는 당연히 분노.

모욕을 넘어 이 정도면 능멸이다.

치욕이고, 굴욕이다.

내력이 들끓었다.

하단전에서 일어난 내력이 순식간에 혈을 타고 돌며 그 존재감을 내뿜기 시작했다. 무시하는 것도 정도가 있지.

이렇게 무인이 많은 가운데 소가주가 암습을 받았고, 옆구리와 등에 부상도 입었다. 그 동안 얼어붙어 아무것도 못했다.

적에게 보내는 분노와 스스로의 멍청함에 보내는 분노가 뒤섞였다. 자책을 넘어 자괴감이 물밀듯이 홍수처럼 몰려왔다.

"그만!"

쩌렁!

막대한 내력이 담긴 호통이 터졌다.

그 말에 기세는 눈 녹듯이 사라졌다.

"환자 앞에서 기세를 피우는 것은 어디서 배웠나!"

웅웅!

외침이 공명을 일으키며 진형 전체를 휘어잡았다. 외침은 근처에서 들려온 게 아니었다. 좀 떨어진 곳, 멀리서 들려왔다.

바로 진형의 중앙. 음파가 시작된 곳을 본능적으로 파악해 보니 그곳이었다. 그리고 그곳에서 다시 한 번 거대한 소리가 터졌다.

동시에 다시 가까워졌다.

신기에 가까운 공능.

"해산해라!"

쩌렁!

외침이 가까워졌다.

가까워진다는 것은 이쪽으로 다가오고 있다는 것.

그 말을 듣고 무인들이 하나둘씩 자리에서 이탈, 자신의 막사로 돌아가기 시작했다. 중천을 중심으로 형성된 인(人)의 장막은 그렇게 걷혔다.

상황의 종료다.

흠칫.

하지만 중천은 또 다른 상황이 시작됨을 눈치챘다. 그에 입이 저절로 벌어졌다.

"가주, 위험합니다!"

그 말이 끝남과 동시에.

쩡

쩌쩡!

쩌저적!

픽!

퍼버버벅!

육신을 타격해 터트리는 파육(破肉) 소리가 천둥처럼 울려 퍼졌다.

第百三十七章

연환계(連環計)

지독한 소리였다.

순식간에, 정말 숨을 들이마실 정도의 아주 짧은 시간 안에 수없이 많은 타격 소리가 들렸다. 파바바박!

뒤이어 펄럭이는 소리.

필경 무복의 소매가 펄럭인 게 뒤늦게 따라온 것일 것이다.

촤락!

퍽!

쩌정!

어둠이 순식간에 갈라지고, 푸른빛을 띤 궤적이 공간을 가로질렀다. 동시에 공기가 터지는 소리와 육신이 터지는 소리가 간발의 시간차로 울렸다.

이미 대비하고 있던 것이다.

"흥."

나직한 코웃음 소리와 함께 남궁현성의 손이 다시 춤췄다. 직계비전인 천뢰제왕신공(天雷帝王神功)의 내력으로 뿌리는 천뢰삼장(天雷三掌)이다.

우르릉!

귀에 선명하게 들리는 뇌성과 함께, 말 그대로 벼락처럼 남궁현성의 좌장, 우장이 동시에 새하얀 궤적을 그렸다.

쩌쩡!

퍼버벅!

좌우에서 달려들던 비인의 살객 셋의 무기를 한 번에 전부 쳐내고, 두 번째 궤적은 그대로 죽음의 선이 되었다.

너무나 명확하게 그려진 죽음의 선이 살객의 가슴, 턱, 그리고 하단전을 후려쳤다. 북 터지는 소리와 함께 생명도 함께 터졌다.

대비하고 있던 남궁현성이었다.

그는 집합했던 무인들이 흩어지는 걸 보면서, 이 어지러운 혼란 속에서 분명 무언가 일이 일어날 것이라 판단했다.

그 판단은 정확했다.

자신의 막사에서 좌측으로, 상당히 떨어진 거리에서 소란이 일어났다. 들려오는 목소리는 바로 자신의 아들, 중천의 목소리였다.

남궁현성은 과연 일가를 이끄는 가주였다.

자식에게 무슨 일이 일어났다는 사실에 불안한 마음, 걱정의 마음도 일어났지만 그에 비례해 단단한 마음도 일어났다.

흔들려서는 안 된다.

여기서 자신이 흔들리는 순간을 적이 기다리고 있다는 것도 본능적으로 깨달았다. 그래서 그는 느긋하게, 일부로 느긋하게 중천이 있는 곳으로 향했다. 상황이 끝날 때까지 기다렸다가 말이다.

아들에게 일어난 상황이 끝나고 등장할 때, 남궁현성은 일부로 주변의 경계를 허물었다. 빈틈도 군데군데 열어 놨다.

덫을 놓은 것이다.

낚싯대에 미끼를 걸어 던진 것이다.

살객은 덫에 빠졌고, 그 결과 미끼를 제대로 물었다.

위화감이 느껴지는 곳으로 몸을 들이밀자마자 공격이 들어왔다. 몰래 내력을 끌어올린 상태였기에 적의 공격에 곧바로 반응했다.

그 결과가 지금.

오연히 서 있는 남궁현성의 모습을 만들었다.

어느 곳 하나 나무랄 데 없는 완벽한 대응이었다.

어? 하는 순간 이미 상황은 종료.

설명이고 자시고 번쩍번쩍 하는 순간 이미 모든 게 끝나있었다.

툭.

손을 한 번 터니 핏방울이 바닥으로 툭 떨어져 붉게 물들어갔다. 마지막 살객의 하단전을 으깨면서 묻은 피였다.

"가, 가주!"

"괜찮다. 소란 떨지 말도록."

"네, 네!"

남궁철성이 놀라 다가오자, 남궁현성은 가볍게 손을 흔들어 그를 제지했다. 쓸데없는 동요를 막기 위함이었다.

저벅, 저벅저벅.

남궁철성을 뒤로하고 앞으로 다시 나선 남궁현성이 아들, 중천의 앞에 섰다.

"괜찮으냐."

"예, 가주님."

"음……."

아들의 대답에 남궁현성은 눈살을 찌푸렸다. 괜찮다고는 하지만 아들의 얼굴은 하얗다. 어둠 속인데도 문제가 되지 않는 그의 시력에는 그게 적나라하게 보였다.

"독은?"

"아직은 느껴지지 않습니다……."

"늦게 작용하는 독도 많으니 계속해서 내력을 돌려 살펴라. 비인의 살객이면 특이한 독을 사용했어도 이상하지 않다."

"알겠습니다."

"쉬거라."

"예."

부사시산의 딱딱한 어조이나 따뜻한 내용을 담은 대화가 끝나고, 남궁현성을 주변을 둘러봤다.

"해산. 모두 각자 막사로 돌아가라. 대기조를 빼고 움직이는 자, 적의 살수로 간주하고 내 친히 베겠다."

천뢰제왕공의 내력을 품은 그의 나직한 말에, 모여 있던 모든 무인이 흩어졌다. 친히 목을 베겠다는 데 남아있는 것 자체가 죽여 달라는 행동이었기 때문이다. 남궁현성은 말로만 떠벌리지 않는다. 실제로 실행한다.

각자 흩어지는 것은 빨랐다.

그 모습을 지켜보던 남궁현성의 낯빛이 살짝 굳었다.

안 봐도 알 수 있었다.

의심이라는 심마가 이미 깊숙하게 남궁세가 무인들 사이에 자리 잡았다. 같은 무복을 입고 있던 전우가 갑자기 소가주와 가주를 공격했다.

얼굴도 같았다.

목소리도… 비슷했다.

지금 차가운 바닥에 쓰러진 비인의 살객과 대화를 나눴던 세가 무인들은 더욱 더 혼란스러울 것이다.

정말 말로 설명하기는 그렇지만, 엿 같은 상황이 된 것이다. 기습은 막았으나, 사실 막지 못하고 제대로 당한 것이나 진배없다.

"뛰어난 군사가 있군. 절묘한 계략이야."

조용히 중얼거리는 남궁현성의 말에 중천은 물론, 남궁철성, 유성 전부가 고개를 끄덕였다. 남궁현성의 말처럼 제대로 당했다.

뭐라 변명하기도 힘들다.

너무 제대로 당해 어처구니가 없을 지경이었다.

"목적은 소가주와 나까지 둘. 죽이면 좋고, 못 죽여도 목적은 달성. 결코 손해 보는 장사가 아니야. 게다가 이 살수들은… 특급이 아니야. 겨뤄보니 알 수 있다. 결코 특급으로 분류될 자들이 아니다. 일류? 이들만 투입해 제대로 성과를 거뒀어. 하, 이거 참……."

이번 말은 탄식에 가까웠다.

말로 형용할 수 없는 감정이 남궁현성의 가슴속에서 퍼지기 시작했다. 심력소모. 천하의 남궁현성도 오늘은 너무 힘들었다.

폭풍처럼 몰아치는 어제와 오늘이다.

비천객의 무쌍전으로부터 이제 겨우 하룻밤에 지나지 않았다. 그런데 그 안에 너무 많은 일이 있었다.

남궁무원과의 설전.

천리통혜와의 설전.

그리고 지금의 전격기습전.

골이 지끈거렸다.

게다가 짜증까지 일어나기 시작했다. 이게 대체… 무슨 치욕이란 말인가!

"어쩌다가… 되는 게 진짜 하나도 없군. 하하, 하하하!"

그러다 이내 허탈해졌다.

웃음소리에 담긴 감정이 지금 남궁현성의 심경을 말해주고 있었다.

"가주……."

남궁철성의 부름에 손을 들어 곧바로 제지하는 남궁현성. 그는 그 자세에서 시선만 중천에게 돌려 말했다.

"후우, 너는 그만 가서 쉬도록 해라. 그림자 몇을 붙여 줄 테니 걱정 말고 치료하도록."

"예."

중천은 가타부타 말없이, 그 말에 대답하고 일어나 자신의 막사로 향했다. 지금 상황에서는 자신의 치료가 가장 먼저라는 것을 알기 때문에 하고 싶은 말을 애써 삼킨 중천이었다. 중천이 떠나가자 남궁현성은 다시 둘에게 손짓을 하고 자신의 막사로 향했다.

막사로 가는 내내 아무런 말도 없었다.

막사로 돌아오고 나서도 마찬가지였다.

자리에 앉아 한동안 생각에 잠기는 남궁현성.

눈을 감고, 한 손으로 턱을 집고는 깊게 생각에 잠겼다. 무슨 생각을 하는지 궁금한 두 사람이었지만 남궁현성의 상념을 깨지는 않았다.

일다경 정도가 지나자 남궁현성이 눈을 떴다.

"자존심이 문제군."

"예?"

즉각 반문이 튀어나왔다.

"적에 군사가 있다. 그것도 굉장히 뛰어난. 이런 계략은 웬만해서는 무인의 머릿속에서 나올 수 없지."

"네, 그렇긴 합니다만……."

"그럼 대응책은 역시 하나야. 맞불."

"아……."

이런 촘촘한 계략을 쓰는 것은 군사다.

흔히 책사, 군사. 이렇게 불리는 자들이 이렇게 치밀한 연환계를 사용한다. 하나라도 어긋나는 순간 계략은 아예 무너질 정도로 치밀하다.

남궁세가가 당한 것은 제대로 된 연환계(連環計)였다. 필히 자신들이 모르는 군사의 존재가 적에 있다는 뜻이 될 것이다.

옛날부터 이런 말이 있다.

눈에는 눈, 이에는 이.

적이 무력으로 밀고 오면 무력으로 받아치고, 계략으로 승부를 보면 이쪽도 마찬가지로 계략으로 승부를 본다.

하지만 문제가 있으니, 지금은 아직 제갈세가가 합류를 안 했다는 것이다. 강호에서 그렇게 존경받는 문야가 직접 이끄는 제갈세가가 합류해 준다면 이쪽도 계략으로 한 방 먹여주겠지만 없으니 그건 불가능.

거의 다 도착했다고는 하지만… 이 심각할 정도로 몰아치는 눈보라 때문에 지금 발이 묶여 있다는 전갈을 받았다. 그러니 문야의 합류는 아직 기다려야 하는 상황. 후우, 속이 부글부글 끓는다. 지금 당장 한 방 먹이지 않으면 속이 풀릴 것 같지 않았다.

아니, 오히려 곪을 것 같았다.

지금 남궁현성의 심기는 그 정도로 안 좋게 올라간 상태였다.

당연히 이런 계략은 남궁현성도 무리다.

검을 잘 쓰고, 통솔을 잘하고, 판단을 잘 내리지만, 그건 계략이라는 공부와는 살짝 거리가 멀었다.

그럼 누가 있나?

있기야 있다.

천리통혜(千里通慧).

북원군이 장악한 길림성을 주 무대로 삼아 아주 동에 번쩍, 서에 번쩍하면서 북원에서는 희대의 군사로 칭송받는 천리안의 뒤통수를 아주 갈가리 쪼개놓은 희대의 재녀(才女).

하지만 문제는 자존심이 허락하지 않는다.

남궁현성의 말 그대로였다는 소리다.

어제 낮까지만 해도 조카인 무혜와 대판 싸웠다. 서로 죽이니 살리니 하면서 협박에, 아주 눈을 부라리고 싸웠다.

그 안에는 의도적인 장치가 하나 있었지만, 그래도 싸웠다는 것은 변함이 없다. 말했듯이 눈에는 이에는 이.

무혜에게 부탁하자니 염치도 없는 상황이란 소리다. 작금의 현실에, 적에게 한 방 먹이게 도와줄 사람이 하나도 없다는 게 왠지 어이가 없었다.

"미치겠군. 속이 타고 있어."

담담하게 자신의 속내를 밝히는 남궁현성을 보고 남궁철성, 남궁유성은 동시에 얼굴을 굳혔다.

가주의 이런 모습은 정말 보기 힘든 모습이고, 오늘만 해도 몇 번씩이나 보니 지금 그가 얼마나 힘든지 예상이 갔기 때문이다.

그러다 남궁철성이 조심스럽게 입을 열었다.

"저희도 기습을……."

"불가."

"……."

"구양가의 무인이 있고, 그 소전신인가 뭔가 하는 놈의 친위내노 아식 있지. 결코 만만한 놈들이 아니야. 잘못하면 고립되어 오히려 궤멸당할 뿐이야."

냉정한 평가였다.

그리고 정확한 평가였다.

적진이 어디서 잔챙이들이나 몰려와 짠 진형도 아니고, 마도일가와 비인의 살객, 군벌에다가 일백에 달하는 정예기병까지 있다.

기습이 들통 나거나, 제대로 이루어지지 않을시 이쪽에 찾아오는 건 학살이다. 애초에 기습이란 게 그리 쉬운 게 아니다. 그냥 실력 있는 무인들을 우르르 끌고 가서 확 때려 박는다고 그게 기습이 아니라는 소리다.

기습이란 작전 자체가 양날의 검이다.

실패 시 돌아오는 후폭풍은 엄청나다.

신중하고, 또 신중하게 해야 하는 게 바로 기습이라는 작전이다. 그래서 무혜도 길림성에서 벌어진 모든 작전에 그리 신중했던 것이다. 적은 병력이기 때문에 실패하면 역시 치명적인 아군의 피해로 이어질 수 있기 때문이었다.

"가주님의 말씀이 옳다. 우린 머리가 없으니 기습은 무리야."

남궁유성도 그 말에 동의했다.

머리가 없다는 것은 남궁세가에 지자(智者)가 없다는 뜻. 무력과 금력으로 천하제일가에 올랐다. 예전에는 군사라고 해도 좋을 정도로 지략에 밝은 무인도 있었지만 당금 남궁가에는 안타깝게도 학문에 힘쓴 무인이 하나도 없었다.

전쟁은 경험도 중요하지만 무력도 중요하다. 그리고 지략도 중요하다. 삼박자가 맞아 떨어져야 승기를 잡는 것인데, 남궁세가는 안타깝게도 세 번째 조건이 결핍되어 있었다.

그러니 지금 현재, 너무 답답한 상황이었다.

"그럼……."

남궁철성은 다시 뭔가 말을 꺼내려 했다.

"……."

하지만 차갑게 굳어 있는 남궁현성의 얼굴을 보고 곧바로 입을 닫았다. 무표정해 보였지만, 눈동자 깊숙한 곳에서 타오르고 있는 불꽃을 보았기 때문이다.

그래서 남궁철성은 천리통혜에게 조언을… 이라는 말을 다시 목젖 너머로 밀어 넣었다. 그리고 혹시라도 불쑥 나오지 못하게 단단히 가둬 버렸다,

"그렇다면… 남은 것은 이제 전면전뿐입니다. 가주님."

"그렇지. 전면전뿐이지."

"하지만……."

"본가 무인들 사이에 의심이라는 악마의 씨앗이 심어져 버렸지. 자칫 잘못하면 대패다. 치명상을 입을 수도 있어."

치명상 정도가?

정말 잘못하면 회생 불능의 피해를 입을 수도 있었다. 천하제일가의 현판을 내릴 수도 있는 일이 생길 수도 있다는 뜻이다.

의심이라는 놈은 정말 무서운 놈이다.

한 번 심어진 불신의 씨앗은, 정말 웬만해서는 해소되지 않는다. 그때 막사의 휘장이 열리고 무인 하나가 들어왔다.

여타 남궁세가의 무인들이 입는 푸른 무복이 아닌 새하얀 의복. 청천원의 남궁현태였다.

"시검 끝났습니다."

"말하라."

"예상대로 인피를 쓴 자객이 대다수였습니다."

인피.

사람의 피부.

그렇다고 정말 사람의 피부를 벗겨 사용하지는 않는다. 특수하게 만드는 방법이 존재하고, 남궁세가도 그 방법은 알고 있었다. 다만 필요가 없으니 서고 구석에 처박혀 있기만 했다. 하지만 혹시 모르는 일. 남궁현성이 물었다.

"실제 인피인가?"

"그렇습니다. 전부 사람의 피부였습니다."

"……."

그 말에 그냥 물어본 남궁현성의 입이 턱 다물렸다. 실제 인피? 설마 본가 무인을 죽이고 그 피부를 벗겨 뒤집어썼다는 소린가?

"확실한가?"

차갑게 얼어버린 남궁현성의 목소리에 청천원주 남궁현태는 얼굴은 굳힌 채 말없이 고개만 끄덕거렸다.

"허……."

허탈한 이 무슨 개소리란 말인가.

이건 금지된 행동이다.

절대 해서는 안 될, 비도덕의 극치다.

인간이 가지고 있는 도덕성을 아예 버려 버린 행위다. 그 옛날에는 이런 일이 비일비재했다지만, 지금은 옛날이 아니다.

도덕성의 기준은 계속해서 진화되어 왔고, 당금 강호에 피를 이용한, 사람 자체를 이용한 무공이나 기술은 그 자체를 추악한 행위로 단정, 절대 해서는 안 될 행동으로 규정지었다.

그런데 인피를 벗겼다고?

사람의 피부를 그대로 벗겨 얼굴에 뒤집어썼다고? 정녕 미친 건가? 도덕성을 아예 버린 것인가?

까드득!

"사활(死活)을 걸었나 이거지……."

남궁현성의 이가 갈리고 비인의, 아니, 마도육가의 마음가짐이 현재 어떤지 깨닫고는 중얼거렸다.

인간성을 버렸다는 것 자체가, 마도가가 이미 이 전쟁에 모든 것을 걸었다는 것을 뜻했다. 그러지 않고서는 정말 실제 인피(人皮)를 사용했을 리가 없었다. 그건 만인의 지탄과 동시에 척결의 대상이 되기 때문이다.

구양가 같은 무에만 미친 집단도 그건 용서치 않을 것이다. 그들은 순수한 무(武)를 나누고 숭상(崇尙)하기 때문이다.

그런데도 묵인했다는 것.

이곳, 소요진 평야의 전투에 그들은 가문의, 문파의 사활을 걸었다는 뜻이었다. 말 그대로 진심전력(眞心全力),

소요진에 뼈를 묻을 각오였다.

"그렇다면… 이쪽도 이렇게 대응해서는 안 되겠지."

적이 사활을 걸었다면 이제부터 나오는 방식도 다를 것이다. 간보기가 아닌 진심으로 남궁세가를 깨부수러 올 것이다.

"내 생각에는 당장 내일부터라도 전면전을 걸어올 것 같은데, 자네들 생각은 어떤가?"

"아마… 그럴 것 같습니다."

"저도 동의합니다."

눈이 이렇게 왔다.

밖은 이제야 눈발이 조금씩 그치고 있었다. 하지만 소요진은 이미 온통 하얗다. 새하얀 눈이 평야 전체를 덮고 있었다.

게다가 부는 바람은 혹한의 삭풍이다.

이런 날씨에는 당연히 전투력이 떨어질 수밖에 없다. 그래서 남궁현성은 다시금 전투가 시작되려면 좀 걸릴 거라 예상했다.

하지만 오늘의 기습으로 인해 그 생각은 곧바로 변했다.

아주 순식간에 기습까지 당하고, 악마의 씨앗이 본가에 심어지는 것도 눈 뜨고 당했고, 하여튼 별의별 것을 다 당했다.

안일한 판단이 가져온 결과였다.

하지만 앞서도 서로 대화했었지만 문제가 있었다.

"의심이 문제로군."

"하지만 그것 때문에 아마 적은 내일이라도 전면전을 걸어

올 가능성이 큽니다."

"승기를 잡았으니까."

승기는 이미 확실하게 적에게 넘어갔다.

아주 제대로.

후우…….

남궁철성의 입에서 깊은 한숨이 흘러나왔다. 그러다 이내 다시 숨이 반대로 빨려 들어갔다. 뭔가를 마음먹은 것 같았다.

"기주님. 징밀 죄송한 말씀을 한마디 올려야겠습니다."

"……."

남궁철성의 그 말에, 남궁현태는 조용히 밖으로 나갔다. 자신이 있을 자리가 아니라 판단한 것 같았다.

그가 나가는 것도 보지 않은 남궁현성의 눈동자가 순식간에 차가운 기운을 품었다. 그러나 남궁철성은 그걸 보고서도 기어코 말했다.

"천리통혜에게 도움을 받아야 합니다!"

꾸벅!

말을 하고 고개를 깊게 숙이는 남궁철성.

"……."

남궁유성은 그걸 보고 고개를 절레절레 저었다. 그리고 남궁현성은 여전히 차가운 눈빛으로 남궁철성의 숙인 고개를 바라봤다.

남궁철성이 그 자세 그대로 다시, 입을 열었다.

"가주님! 자존심을 세울 때가 아닌 것 같습니다!"

"……."

"이러다간 정말… 죄 없는 녀석들이 다 죽겠습니다……."

"……."

자존심.

중요하다.

어떤 무인은 자존심을 생명으로 삼을 정도였다. 천하제일
가의 가주이며, 현 강호의 검왕. 아마 세상 다 뒤져도 그보다
자존심이 높은 사람은 몇 되지 않을 것이다. 구파와 일방은
예외로 치고, 일교도 예외로 치고. 강호비사의 주적인 마녀도
예외다. 그들은 사는 세상이 다르니까. 그럼 정말 몇 없다.

있다면 황제 정도일까?

당금 명나라 황제인 선덕제 정도나 남궁현성보다 높은 자
존심을 가지고 있을 것이다. 그런 그가 자존심을 꺾어야, 죽
어도 싫은 일을 해야 세가의 무인이 산다.

이런 상황에 놓였다.

지금 남궁철성은 그걸 꼬집고 있었다.

그로서는 정말 기가 막힌 일이었다.

'어쩌다가…….'

이렇게 된 건지.

비천대가 오기 전까지만 해도 결코 이렇지 않았다. 그런데 비천대가 오자마자 상황은 완전히 변했고, 꼬여 버린 실타래가 됐다. 뭘 어떻게 할 수가 없는 상황이 된 것이다.

"가주님. 제 생각도 같습니다."

그때 남궁유성까지 합세했다.

남궁유성은 이미 비천객과 원(怨)이 있다.

비천객이 무공을 익히고 얼마 되지 않았을 때, 아예 그를 반 죽이는 정도가 아니라 실제로 죽일 뻔한 것이다.

남궁유성에게도 이유야 있다.

비천객의 아비, 색마 진유원에게 아버지가 죽었다. 그로서는 충분히 살수를 쓸 수 있는 상황이었다.

선조부터 이어져온 악연인 것이다.

그래서 둘 다 서로에게 가진 원은 깊기만 하다.

그러니 아마 이 전쟁이 끝나고 나면 비천객은 가장 처음으로 남궁유성을 찾을 것이다. 그렇다면 비천객과의 원은 비천대와의 원으로 이어진다.

그도 싫을 것이다.

그런데 천리통혜의 지혜에 도움을 받고자 한다.

"개인적인 자존심 때문에… 저 어린 것들을 전부 죽일 수는 없지 않겠습니까."

"음……."

남궁유성의 그 말이, 남궁현성의 가슴에 깊게 스며들었다.

아주 깊숙이 파고들어 서서히 퍼지기 시작했다.

동요, 고뇌, 혼란, 갖가지 감정을 생성하고, 종내에는 승낙의 말과 행동을 꺼내게 만들었다.

"후우……."

고개를 뒤로 젖히고, 칙칙한 막사의 천장을 보면서 한숨을 내쉬는 남궁현성. 그 행동과 한숨에 남궁철성은 고개를 들었다.

한참을 그대로 있던 남궁현성이 힘없이, 패색이 짙은 목소리로 말했다.

"어쩔 수 없구나……."

"가주님……."

"……."

쩍.

쩌적.

쩡…….

동경이 깨지듯이, 남궁현성의 자존심이 결국 깨지고, 무너져 내렸다. 그는 가주. 일가를 이끄는 수장이다.

그게 패배의 원인이었다.

자신의 자존심을 지키려는 고집이 결국 세가의 무인을 학

살당하게 만들 수도 있다는 것을 충분히 인지했고, 결국은 최선의 판단으로 이어졌다. 물론, 그에겐 최선 이전에 최악의 판단이었지만 말이다.

다가오던 인기척이 멈췄다.

우물쭈물하는 기척이 느껴졌다.

누군지 안 봐도 뻔하다.

둘도 느꼈는지 슬쩍 막사 입구 쪽을 바라봤다가 남궁현성에게 다시 시선을 던졌다. 그런 둘에게 남궁현성이 말했다.

"누가 살 것이냐. 천리통혜가 우리를 노와순다는 보장은 없다. 그녀는 분명히 내게 말했다. 철저히 개인적으로 움직이겠다고."

"그, 그건……."

"……."

남궁현성의 말에 두 사람은 말을 잇지 못했다.

그런 말을 했는지는 몰랐다.

하지만 어디든 방법은 있는 법.

남궁현성이 자존심을 무너트린 것처럼 말이다.

"제가 가겠습니다."

"음……."

불쑥 들려오는 목소리.

기척은 알고 있었다.

그걸 못 느낄 정도의 하수가 아니었으니까. 기본적인 처치만 끝낸 중천이 휘장을 열어 재끼고 들어왔다.

그는 얘기를 전부 듣지는 못했다. 하지만 중요한 부분은 전부 파악했다. 당장 어떤 도움이 필요하고, 그 도움을 줄 수 있는 이는 천리통혜, 자신의 사촌동생뿐이라는 것을 말이다.

그러니 바로 나섰다.

"상처는?"

"응급처치는 끝냈습니다."

"독의 유무는?"

"제왕공의 운공에 걸리는 건 없었습니다."

"다행이구나."

"그보다, 결정을 내리신 겁니까?"

"그래, 천리통혜의 도움이 필요하다. 상의할 것도 있고."

"제가 설득하겠습니다."

중천의 강한 그 말에 남궁현성은 천천히 고개를 끄덕였다. 부탁한다는 말은 끝까지 하기 싫었나 보다.

"한시가 급하다. 될 수 있으면 지금 바로 만나야 한다."

"네. 그리 설득해 보겠습니다."

꾸벅.

중천은 곧바로 나갔다.

아들이 조카를 설득하러 갔다.

'개판이군…….'

수많은 사람의 목숨 때문에 도움을 청해야 하는데, 그 도움을 받기 위해서 조카의 의중을 묻고, 싫다고 하면 설득을 해야 한다.

개판도 이런 개판이 없었다.

남궁현성은 눈을 감았다.

눈가가 짜르르 당겼다.

정신적인 피곤함이, 절정 이상의 무위에 오른 남궁현성에게도 영창을 끼치고 있는 것이다. 남궁현성은 오늘 자신의 심력의 끝이 어딘지 시험하는 날이 될 것 같다 생각했다.

"좀 쉬어야겠어. 오면 부탁하마."

"네, 가주님."

"……."

그 말에 남궁철성은 중년의 패기가 느껴지는 목소리로 힘차게 대답했고, 남궁유성은 정반대로 고개만 끄덕였다.

둘을 보고 남궁유성은 다시 눈을 감았다.

잠깐이라도 정신력을 회복시키지 않으면 천리통혜와의 대화는 다시금 낮의 대화처럼 흘러갈 것 같았다.

정신을 부여잡고, 고개를 숙여야 하는 만큼… 정신력의 회복은 필수였다.

그에게는 정말… 골 때리는 상황.

'어쩌다가……'

이렇게 됐나.

꼴이 말이 아니었다.

피식.

자조의 웃음이 피어나는 걸 끝으로, 남궁현성은 잠시간 휴식에 빠져들었다.

第百三十八章 부탁(付託)

　남궁세가에 난리가 났을 때 비천대라고 그냥 쉬고 있지는
않았다. 그 난리의 일거수일투족을 지켜봤다.

　그 덕분에 적이 어떤 방식으로 기습을 걸어왔는지는 확실
히 파악했고, 그에 대한 대비책을 논의하고 있었다.

　상당히 늦은 시각이지만 이 회의를 소집한 무혜는 그게 중
요한 게 아니라고 판단했다. 그녀는 확실하게 남궁세가에 스
며들 불안요소가, 독에 가까운 씨앗이 심어졌다는 것을 정확
하게 파악했다.

　줄줄이 그 같은 상황을 설명하는 무혜. 그녀의 말에 비천대

조장들은 고개를 자연스럽게 주억거렸다.

무혜가 하는 말이니 틀린 게 없을 것이라 믿는 것이다. 단 한 번도 그녀의 말은 틀린 적이 없었으니 당연한 일이었다.

제종이 그 말을 전부 이해하고 종합해서 물었다.

"그러니까 군사 말은 이 시기를 놓치지 않을 거라는 말이지?"

"예, 그렇습니다. 저는 날이 밝는 대로 전면전이 벌어질 거라 생각됩니다."

"전면전이라… 이 날씨에? 땅도 질퍽한데?"

"남궁세가를 괴멸시키기에는 지금이 적기입니다. 의심이 팽배하게 차올랐습니다. 이 정도의 계략을 세우고 그걸 제대로 실행시킨 적군의 군사가 그걸 모를 리 없습니다. 싸움을 걸어온다면 분명히 내일, 그것도 날이 밝는 즉각 시작될 겁니다."

"왜 날이 밝고 나서지? 지금도 당장 할 수도 있지 않나?"

"동요할 시간을 주는 겁니다."

"흔들릴 시간?"

"예. 막사 안에서 지금 쉬고 있는 남궁세가 무인들은 극히 예민해져 있을 겁니다. 잠은커녕 주변 동료를 계속해서 의심하고 있을 겁니다. 그리고 잠을 못 자면서 생긴 피로는 동이 터올 때쯤이면 극으로 치달을 것이고, 해가 뜨면 퀭해질 겁니

다. 붉게 충혈된 눈으로 주변을 극도로 경계할 테고, 심신의
상태는 정말 최악으로 떨어질 겁니다."

"……."

제종이 입을 다물고, 막사 안에 싸늘한 침묵이 감돌았다.
생각보다 이건 더욱 심각한 상황이었다.

최악이라는 말을 붙여도 결코 이상하지 않았다.

백면이 조용한 목소리로 물었다.

"군사가 보기에 전면전이 붙으면 어떻게 될 거라 생각하시
오?"

"남궁세가의 궤멸. 무조건 필패라 예상됩니다."

"그 정도요?"

"예."

단호한 음색이었다.

의심이라는 것은, 전우에게 등을 맡기지 못한다는 상황은
생각보다 전투에 엄청난 영향을 끼친다.

대규모 회전에서 가장 중요한 것은 개개인의 무력이 아니
었다. 바로 병사들 간의 믿음이다. 언제, 어떤 상황에서도 자
신의 등을 옆에 있는 전우가 지켜줄 것이라는 믿음은 그 어떤
것보다 우선시된다.

그런 상태로 부대를 훈련시키는 게 대장의 몫이고, 그렇게
훈련된 부대를 운용하는 게 바로 대장과 다른 한 사람, 군사

의 몫이다.

무혜는 그걸 확실하게 알고 있었다.

무경십서에서도 누누이 설명하고 있던 게 바로 훈련을 통한 병사들 간의 끈끈한 전우애였다.

비천대야 이미 그걸 장착하고 왔으니 따로 훈련이 필요 없었지만, 만약 그렇지 않았다면 지금까지 보여준 비천대의 전공(戰功)은 절대로 불가능했을 것이다.

지금 남궁세가는 그런 서로 간의 믿음이 파탄 난 상태. 모두가 보는 앞에서 전우가, 좀 전까지 같이 떠들던 동료가 순식간에 적이 되었고, 소가주를 공격해 부상을 입혔다. 그걸 넘어 가주까지 공격.

모두를 눈 뜬 장님으로, 벙어리로, 귀머거리로 만들어 버렸다.

그 분노도 무시할 게 못됐다.

"그리고 가장 큰 위험은, 남궁세가 무인들의 뇌리를 장악하고 있는 분노입니다."

"분노… 후, 그렇지. 위험하지 그건……."

백면은 무혜의 말에 동의했다.

쉽게 설명하자면.

통제 가능한 분노는 약이다. 반대로 통제가 불가능한 분노는 독이다.

전자는 없던 힘도 나게 해주지만, 후자는 시야를 좁혀 실수를 유발시킨다. 전장에서 실수는 죽음이다.

"제가 예상해 보자면… 못해도 삼분지 일은 될 겁니다."

"분노를 통제 못하는 무인이?"

"예. 보니까 젊은 무인이 많았습니다."

"음……."

백면도 그렇게 봤다.

남궁세가의 주축은 분명히 전 중원이 알아주는 세 개의 검대다. 무린과 원을 진 창천대검이 이끄는 창천대. 무린에게 호의적인 철대검주가 이끄는 철검대. 산해관 너머에서 북원과 접전을 벌이고 있는 창궁대검의 창궁대.

이건 그 누구도 부정할 수 없는 사실이다.

그리고 이 세 개의 단에 소속된 무인이라면 분노는 확실히 통제가 가능하다. 하지만 그 외에는 전부 세가 밖에서 몰려든 무인이다. 직계나 방계가 세운 분가와, 분타라 할 수 있는 문파에서 자발적으로 모인 이들.

이들도 많았다.

"최소 반 이상은 방계나, 본가 외에서 모인 무인임이 분명하지."

남궁유청의 수긍이었다.

적지 않았다.

적지 않은 것에 더해 평균연령이 젊기까지 했다.

젊음은 좋다.

하지만 젊음의 상징이라 할 수 있는 혈기는 이 순간에는 결코 좋다고 말할 수가 없었다. 무혜가 꼬집은 부분은 바로 이 부분이다.

"어떻게 봐도 필패입니다."

"흠……."

침묵이 맴돌았다.

소요진의 무쌍전에서 남궁세가 측, 비천객이 승리함으로써 사기를 극으로 끌어 올려놨다. 그런데 그게 적군 군사의 계략 한 방에 곧바로 뒤집혔다. 무혜는 정말 만만치 않은 군사가 적진에 있다고 판단했다.

'어쩌면 이 작전도 지금까지 아껴뒀던 거였을 수도 있겠지. 우리가 들어오고 나서 사용해서 다 같이 처리할 생각으로.'

일부로 기다렸다는 생각까지 들었다.

생각하면 할수록 적 군사가 궁금해졌고, 대단하다고 느껴졌다.

'나라면 이런 계략을 수립하고 제대로 사용할 수 있었을까?'

무혜의 고개가 절로 저어졌다.

무혜의 특기는 이쪽이 아니다.

천리통혜라 별호처럼 넓게 내다보고 병력을 움직이는 쪽에 능하다. 즉, 군부(軍部)의 군사(軍師)가 무혜에게는 어울렸다.

그러나 적군의 군사는 그 궤가 달랐다.

오밀조밀하게 작전을 짜는 부류. 그러나 그 오밀조밀한 계략이 적중하는 순간 치명적인 일격이 된다.

무혜는 정보를 전제를 모든 작전을 짠다.

정확한 정보가 없이는 결코 그 어떤 계략도 수립하지 않는다. 확실해야만 움직이는 게 천리통혜.

반대로 적군의 군사는 예측이다. 상황을 그 예측에 맞는 방향으로 몰고 간 다음 딱 맞물리게 돌린다.

무혜가 신중하다면 적군의 군사는 과감했다.

흡사 실패는 염두에 두지도 않았다는 듯이 과감하게 밀어붙여 계략을 성공시켰다. 대단한 자신감이고 패기다.

무혜처럼 별호를 하나 적군의 군사에게 지어준다면… 그래, 예측통혜(豫測通慧)가 어울리겠다.

'남자라면 어울리지 않겠지만, 여자라면 어울리겠어.'

실없는 생각이었다.

"군사가 생각하는 최선은?"

남궁유청이 물어 왔다.

그의 얼굴에는 근심이 가득했다.

지금은 비천대와 함께하고 있지만, 그 역시 남궁세가의 무인이다. 세가에서 적(籍)을 빼지 않았으니 지금도 남궁세가의 무사다.

그러니 걱정이 안 될 리가 없었다.

가깝게, 멀게 전부 피가 이어진 이들이기 때문이었다.

'지금 이 상황에서는…….'

생각을 정리한 무혜가 입을 열었다.

"솔직하게 말씀드릴까요?"

"그래다오."

"회군입니다."

"……."

회군(回軍).

군을 돌려 왔던 곳으로 되돌아가는 걸 가리키는 단어. 이 상황에서는… 도망이다. 남궁유청의 침묵은 당연했다.

회군이라니.

천하의 남궁세가가… 적의 계략에 걸렸다고 회군이라니. 말도 안 되는 소리다. 남궁유청은 알 수 있었다.

"가주께서는 절대 그런 명령을 못 내릴 걸세."

"저도 알고 있습니다. 하지만 지금 이 순간에 가장 최선의 판단은 싸우지 않는 것입니다. 날이 밝으면 분명 싸움이 붙을 것이니, 차라리 날이 밝기 전인 지금 병력을 빼내는 게 최고입니다. 저는 솔직히 말해 달라고 해서 말씀드린 것뿐입니다."

"다른 방법은 없나?"

"으음……."

남궁유청의 목소리에 조급함이 조금 담겼다. 그로서는 이례적인 모습을 보였다. 하기야, 핏줄이 해가 뜨면 다 죽어나가게 생겼는데 안 조급하다면 그야말로 냉혈한일 것이다.

"생각 좀 해봐야겠습니다. 지금 당장은……."

"……."

무혜도, 천하의 무혜도 지금 이 상황을 뒤집을 만한 묘수는 떠오르지 않았다.

'지금 상황을 뒤집는 방법은 하나. 남궁세가에 심어진 독을 제거하는 것.'

바로 의심이라는 놈이다.

이걸 제거하면 상황을 반전시킬 수 있다. 아니, 반전까지는 아니더라도 적의 전면전에 맞서 이쪽도 진심전력으로 받아칠 수 있다.

하지만 그게 어디랴.

한(恨)만 남기고 이 차가운 대지에서 목숨을 잃는 것보다는 백배 낫다. 최소한 최선을 다할 수 있을 테니 말이다.

'이제 적은 우리 진형에 없다고 말한들 믿을 리도 없고…
어쩐다.'

눈살이 저절로 찌푸려졌다.

획기적인 발상이 필요했다.

일거에 의심을 지워 버릴.

혹은 의심에서 시선을 돌려 버릴.

"대주가 남궁세가의 적자라고 밝히면 아주 뒤숭숭해질 텐
데. 킬킬킬!"

"불가. 그건 대주 입에서 나와야 할 말이야. 결코 남의 입
에서 나와선 안 돼."

"알아, 안다고. 그냥 답답해서 그래!"

"답답해도 참아! 군사께서 상념에 잠긴 거 안 보여?"

"야, 제종. 네 목소리가 더 크다고? 킬킬킬."

두 사람의 만담.

백면이 손을 들었다.

그러자 둘은 입을 싹 닫았다.

분위기의 전환을 노린 것 같지만 실패다.

눈치 없는 만담이었을 뿐이었다.

'맞아. 최소 그 정도 파격적인 뭔가가 필요해. 뭐지? 뭐가
있을까……'

무혜의 생각은 깊어져 갔다.

꼬리에 꼬리를 물고, 다시 그 꼬리에서 갈라져 나온 꼬리를 다시 물고, 되돌아와서 다른 꼬리를 물고 이어져 갔다.

가능성을 내포한 소재가 떠올랐다가 지워졌다.

그 개수는 수없이 많았다.

그러나 쓸 만한 것은 거의 있지 않았다.

"하아……."

그게 무혜에게 짜증이 올라오게 만들었다. 이럴 땐 정말 무력감에 이은 짜증을 참기 힘든 무혜였다.

남궁세가를 위해서 이러는 게 아니다.

남궁유청을 위해서다.

도움이 되어야 한다.

도움을 주어야 한다.

그게 비천대원인 남궁유청에 대한 예의고, 전우애다.

"저기……."

그때, 침묵을 갈라 버리는 낮은 어조의 목소리.

단문영이었다.

모두의 시선이 일거에 단문영에게 몰렸다. 무혜의 시선도 당연히 단문영에게 향했다. 공통점은 혹시 하는 기대감이 깃들어 있다는 점이었다.

단문영은 그래도 차분함을 유지했다. 그녀다운 모습이었다. 이제 예전의 후유증에서 벗어났는지 얼굴빛은 밝았다.

그녀가 차분한 목소리로 모두의 시선을 받으며 말을 이었다.

"전면전만 안 하면 되는 건가요?"

묘한 울림이 있는 단문영의 말에 모두의 눈이 동그랗게 떠졌다. 기대감이 더욱 증폭된 눈빛이었다.

"있나?"

가장 급하게 물은 것은 의외로 남궁유청이었다. 예전에는 그렇게 잡아먹으려고 노려봤으면서, 심지어 검까지 뽑아 목을 치겠다고 했던 남궁유청이라고는 생각할 수 없었다. 물론 많이 상황이 변하기도 했다.

그동안 전장을 함께하며 전우애도 쌓았고, 단문영이 어떤 인성을 가졌는지 가까이서 지켜봐서 이미 그녀에게는 원한이라고는 조금도 없었다.

"몇 가지 재료만 있다면요. 충분히 가능할 것 같아요… 바람도 마침 잘 불고 있고."

"아……."

모두의 얼굴에 화색이 돌았다.

무혜의 얼굴에도 돌았다.

그리고 그제야 그녀의 특기가 무엇인지 깨달았다. 단문영. 만독문의 직계. 만독문은 독을 다루는 문파.

이미 길림성에서 단문영이 다루는 독의 위력을 제대로 겪어본 비천대였다. 심지어 비천대원을 순식간에 기절시키는 모습까지 보여줬다.

아무런 낌새도 없이 말이다.

왜 이제야 그녀가 떠올랐을까.

'나도 멀었구나……'

무혜는 속으로 자책했다.

군사라는 직업은 사람도 적재적소에 쓸 줄 알아야 하건만.

"살상독인가?"

"아니요. 그런 독은 경지에 든 무인들이라면 즉각 반응할 거예요. 차라리 이런 경우에는 독이지만 독이 아닌 독을 써야 해요."

"독이지만 독이 아닌 독? 그런 게 있나?"

"그럼요. 백면 부대주께서는 한 번 본적 있죠?"

단문영이 백면을 바라보며 말했다.

그러자 백면이 고개를 잠시 갸웃했다가 아하, 하고 손뼉을 쳤다.

"이질(痢疾)?"

"예."

대답하는 단문영의 눈동자에 웃음기가 깃들었다.

"과연… 독이지만 독이 아닌 독, 그 독이면 엄청난 수의 적을 중독시킬 수 있겠어."

"그게 뭔가?"

백면의 말에 제종이 물었다.

설명은 단문영에게서 나왔다.

"말 그대로예요. 이질을 유발시키는 독이지요. 이건 원래 치료약이지만, 조금 과하게 쓰면 배탈을 일으켜요. 여기에 설초의 가루를 섞으면… 아주 말 못할 복통을 느껴요. 설초는 본디 차가운 땅에서 차라는 꽃. 마침 지금도 춥네요. 호호. 그러니 서늘한 게 다가와도 경각심을 느끼지 못할 거예요. 아예 몸을 뜨겁게 예열시키고 있지 않은 이상 말이에요."

"오오……"

감탄사다.

복통은 제아무리 무인이라도 참으로 참기 힘들다. 인위적으로 막을 수야 있지만 그거야 평소 때나 얘기다. 설초가 일으키는 복통은 인위적으로 막을 수 없는, 독이 아닌 독이 된다.

자연의 기운을 닮은.

그리고 지금의 기후와 똑 닮은.

무시하고 지나치기 너무 쉽다.

"혹시 지금 가지고 있는 게 많나?"

남궁유청의 물음에, 단문영은 고개를 저었다.

"아니요, 많이는 없어요. 하지만… 남궁세가 진형에는 많겠지요. 만들기 무척 쉽거든요."

"오호라……."

모두의 눈동자가 빛났고, 입가에 미소가 그려졌다.

악동 같은 미소와 눈동자였다.

막을 수 없는 이질의 폭풍이 강타한다.

생각만 해도 끔찍하다.

여러 가지 의미로 말이다.

마침 시기도 좋게 막사로 빠르게 다가오는 인기척이 있었
나. 대놓고 뿌리는 기운. 익숙한 기운이었다.

"혜, 나다. 안에 있느냐."

중천.

그의 목소리였다.

참으로… 죽으라는 법은 없구나, 모두가 그렇게 생각했다.

"들어오세요."

담담한 무혜의 말과 함께 촤악! 휘장이 걷히며 중천이 안으
로 들어섰다.

＊　　　＊　　　＊

안으로 들어온 중천은 비천대 조장들이 전부 모여 있는 건
보고 잠시 멈칫했다. 지금쯤이면 각자 쉬고 있을 거라 생각했

기 때문이다.

예상외의 광경에 멈칫한 중천의 귀로 무혜의 말이 날아들었다.

"앉으십시오."

"음……."

앉으라는 말에 마침 하나 비어 있는 의자에 앉은 중천. 모여 있는 이들의 면면을 살펴보다가 얼굴이 살짝 굳었다.

표정 전면에 걸쳐 퍼져 있는 웃음기를 읽었다. 자신은 속이 타는데 이들은 웃고 있으니 속이 쓰렸다.

그걸 무혜도 금세 눈치챘다.

"오해하지 마십시오."

"오해?"

"예, 남궁세가가 당해서 웃고 있는 게 아닙니다."

"그럼?"

"……."

중천의 되물음에 무혜의 입가에도 작은 미소가 걸렸다. 그에 중천의 얼굴은 더 굳었다. 마치 놀림 받은 감정을 느꼈기 때문이었다. 그러거나 말거나 무혜는 다시 표정을 갈무리하고 입을 열었다.

"그보다 이 시간에 여기는 어쩐 일이십니까."

결코 피가 이어져 있는 가족에게 했다고 볼 수 없을 정도로 무혜의 말은 무감정했다. 낮에 그런 일이 있었으니 당연한 결과겠지만, 사정을 모르는 중천은 무혜의 말에 속으로 쓴웃음을 삼킬 수밖에 없었다.

하지만 그건 지금 상황에서 결코 중요한 게 아니었다.

"네 도움이 필요해 왔다."

"……."

중천의 말에 무혜는 대답 없이 고개만 끄덕였다. 마치 그럴 줄 알았다는 행동이었다. 그리고 상념에 잠기는 무혜. 턱을 매만지며 생각에 잠겼다가 잠시 후 다시 입을 열었다.

"내일 있을 전면전 때문입니까?"

"역시 너도 알고 있었구나."

"예. 돌아가는 판이 그런데 모르는 게 이상하지요."

"과연… 그럼 얘기가 빠르겠구나. 도와다오."

"그 전에 확실히 짚고 넘어갈 게 있습니다."

"말해 보거라."

중천은 자세를 바로 잡았다.

무혜가 무엇을 물어올지 이미 충분히 예상이 갔고, 이 대답을 잘해야 무혜가 도와줄 것이라는 걸 깨달았다.

한 핏줄, 한집안임에도 이미 틀어진 사이라 도움을 받으려면 허락이 필요한 상황. 그걸 상기하자 중천은 다시금 속으로 쓴웃음이 흘러나왔지만 내색하지는 않았다.

"제 도움을 청하는 것은 중천 님의 생각입니까?"

중천 님.

타인을 부르듯 호칭한다.

입이 쓰다 못해 아리다.

그러나 이번에도 내색하지 않았다.

"아니다. 가주님의 생각이다."

"……."

그러자 이번엔 무혜의 눈동자에 살짝 놀람이 깃들었다. 가주님이란 남궁현성을 일컫는 말이다.

그런 그가 무혜에게 도움을 요청했다? 무혜로서는 놀랄 수밖에 없었다. 절대 자신을 인정하지 않겠다고 했던 게 바로 남궁현성 아닌가. 그런데 자신에게 도움의 손길을 내밀었다? 그건 인정한다는 뜻과 진배없다.

"정말이다. 지금 가주의 명령을 받고 나는 너를 만나러 왔다."

"뜻밖… 이군요."

"도와다오."

중천은 그 말과 함께 천천히 무혜를 향해 고개를 숙였다. 놀라운 일이었다. 천하의 중천검왕이, 천하제일가의 소가주가 고개를 숙인 것이다.

사사로이 자신의 사촌동생이 되는 무혜에게 말이다. 그건 반대로 그만큼 그가 현재 절박하다는 뜻이기도 했다.

위기를 극복하기 위해 자존심을 접는다.

말이야 쉽지 중천 정도의 위치에 있으면 그건 결코 쉽지 않은 일이었다. 행동 하나하나에 수많은 이목이 집중되기 때문이다.

그런데 중천은 고개를 숙였다.

그는 아는 것이다.

무혜의 머릿속에 있는 지혜와 지식이 당장 필요하다는 것을. 이번 소요진 전쟁은 아수 중요하다.

승자가 대륙의 패권(覇權)을 가지게 된다.

현재의 패자(覇者)는 남궁세가.

그런 남궁세가를 구양가가 꺾으면? 패자는 구양가가 된다. 지금껏 남궁세가가 구축한 아성이 이 한 번의 대결에 걸려 있는 것이다.

그러니 어찌 자존심이 중요할까.

"……."

그런데도 무혜는 역시 독하다.

대답하지 않았다.

왜?

이미 중천이 오기 전에 상의가 되었던 일인데? 이미 방법까지 나온 마당에?

"좋습니다. 받아들이겠습니다."

휙!

말이 나오기 무섭게 중천의 고개가 올라왔다. 얼굴은 확실히 전보다 퍼져 있었다. 무혜의 대답에 나타난 반응이었다. 입이 열릴 때는 미소까지 걸렸다.

"정말이냐?"

"예, 대신."

"대신?"

중천의 얼굴이 다시 굳었다.

"대가를 받아야겠습니다."

"……."

그 말에 중천의 굳은 얼굴은 더욱 굳어갔다. 너무나 충격적인 말을 들었기 때문이다. 대가를 달라고 한다.

가족인데.

아무리 사이가 안 좋아도 한 핏줄인데 도와주는 대신 대가를 달라고 한다. 다른 사람이 그런 말을 했다면 버럭 화를 냈을 것이다. 아니, 화를 내는 걸로 안 끝났을 것이다. 그냥 연을 끊어버렸을 것이다.

아니, 아니다.

어쩌면 목까지 쳤을 지도 몰랐다.

남궁세가가 이렇게까지 성장할 수 있었던 것은 단호함이

있었기 때문이다. 옳고 그름에 대처할 때 정말 칼같이 행동했다.

그게 남궁세가의 거대한 대지 밑에 깔린 밑바탕이다.

그러나 지금은 그런 단호함을 내세울 때가 아니었다.

"지금… 대가를 받겠다는 거냐? 우리 사이에?"

"우리 사이요? 무슨 사이 말입니까."

냉정한 무혜의 대답.

중천의 굳은 얼굴은 이제 찌푸려지기 시작했다. 그런 중천의 얼굴을 보며 무혜가 다시 말했다.

"이 정마대전이 끝나는 순간 서로 칼을 뽑아들 사이에… 아무런 대가 없이 도와달라는 말씀입니까?"

"……."

그냥 하는 말이 아니다.

중천이 가주위를 찬탈하지 않는 이상 정마대전의 종료 후 비천객의 비천대와 남궁세가는 부딪친다.

기정사실이다.

중천이 알기로 자신의 아버지는 아직도 마음을 꺾지 않았다. 삼년지약. 그건 확실히 지켜질 약속일 것이다.

"제 솔직한 심정으로는……."

"……."

"어머니만 무사하시다면 남궁세가 따위… 어떻게 되도 아무런 상관없습니다."

"······."

"완전한 타인이라 생각하니 말이지요."

냉정하고, 잔인한 말이었다.

서슬 퍼런 눈으로 담담하게 내뱉은 말에는 서리가 가득 서려 있었다. 그건 막사 안에 있는 전부가 느꼈다.

여인의 기세라고는 결코 느껴지지 않았다.

"저희는 도망가는 게 부끄럽지 않으니, 이대로 대주를 보호해 빠져나가면 그만입니다. 세인의 지탄? 중천 님도 아실 겁니다. 비천대의 속성을."

비천대의 속성이라 말할 수 있는 것은 딱 하나다.

지독한 생존본능.

그게 그 어떤 것보다도 우선시 된다. 소수정예의 부대다 보니 생존 그 자체를 최우선으로 삼는 것은 당연했다.

물론, 중천은 모른다.

비천대에게 물러나지 못할 이유가 있다는 것을.

저 어둠 속 너머 구양가. 그곳에 관평의 원수가 있다. 다짐했다. 반드시, 반드시 복수하겠노라고.

그걸 중천은 모르니 무혜의 말에 끌려갈 수밖에 없었다. 그리고 애초에 말로는 무혜에게 중천이 대적하는 것 자체가 불가능했다.

지략이 좋은 무혜.

무력이 좋은 중천.

이 둘이 대화로 논쟁을 하게 되면 당연히 십중팔구는 무혜의 승리다. 중천이 무력을 사용하지 않는다면 무조건 무혜가 승리한다.

"어떻게 하실 건지요. 저는 대가를 받겠습니다. 그래도 제게 도움을 구하시겠습니까?"

"무린이… 원하지 않을 것이다."

"아니요. 잘못 알고 계십니다. 오라버니가 최우선으로 생각하는 것은 비천대의 안위입니다. 누가 봐도 질 게 뻔한 상황에서 몸을 뺐다고 뭐라 하실 분이 아니십니다."

"……."

무린까지 들먹여 봤지만 씨알도 먹히지 않았다.

역린이라 할 수 있는 무린을 거론해도 미동은 없는 무혜를 보며 비천대 조장들도 속으로 혀를 내둘렀다.

물론 겉으로는 아무런 내색도 하지 않았다. 무혜의 생각을 모를 만큼 이들은 눈치가 없지 않았다.

중천만 모를 뿐이지 다들 눈치챘다.

지금은 물론 나중까지 생각하는 무혜. 정말 대단하다고 생각했나. 전리통혜, 전리통혜 하디니 정말 그 별호가 무혜에게는 최고로 잘 어울렸다.

"후우… 그래, 알았다. 들어주마. 무얼 원하느냐?"

"그건 대주님이 일어나면 상의해서 말씀드리겠습니다."

"좋다. 대신 내 선에서 들어줄 수 있는 것이어야 한다."

"알겠습니다. 이 대화는 남궁세가에도 비밀로 붙여드리지요."

"그래, 그건 고맙구나……."

"그럼, 일어나시지요."

"하아……."

중천은 고개를 절레절레 젓고는 자리에서 일어났다.

진이 쫙 빠진 중천이었다.

중천이 일어나자 무혜도 일어났다. 그리고 주변을 둘러봤다. 혼자 갈 수는 없으니 같이 갈 인원을 정하기 위해서였다.

일단 무혜의 눈이 가장 중요한 인물에게로 향했다. 열쇠를 쥔 인물이다. 당연히 같이 가야 할 사람이다.

"단 소저."

"예."

무혜의 부름에 단문영은 군말 없이 자리에서 일어났다. 그러자 무혜가 다음 사람을 바라봤다.

"백면 부대주님."

"나도 같이 가오?"

"예."

"내가 가는 것만으로도 그쪽 심기가 거슬릴 텐데? 제대로 된 대화가 가능하겠소?"

"참아야지 어쩌겠어요. 아쉬운 건 그들인걸요."

"하하, 그렇지. 알겠소."

유쾌하게 웃은 백면이 일어섰다.

적진에 가니 든든하게 가야겠다는 마음으로 무혜가 세 사람을 더 지목했다.

"태산, 윤복 조장님, 그리고 장팔 조장님도 같이 가요."

네, 군사.

예.

하하하!

각각의 대답과 함께 호명된 이들이 일어났다. 그러자 무혜가 남궁유청을 마지막으로 바라봤다.

"대주님을 부탁드려요."

"허허, 걱정 말고 다녀 오거라."

"……."

꾸벅, 인사한 무혜가 이윽고 등을 돌렸다.

"가자."

"앞장서시지요."

"그래, 따라오너라."

앞장서는 중천은 입맛이 썼다.

사실은 오면서 이럴 거라 어느 정도 예상은 했다. 사이가 너무 안 좋은 만큼 그냥 도와주지는 않을 것이라 생각했다. 무린이 있었다면 달랐겠지만, 군사로 이름이 높은 무혜를 상대로는 그냥 도움을 얻을 수 없을 것이란 생각을 분명히 했는데도 씁쓸했다.

휘이잉!

눈은 그쳤지만 바람은 아직도 성이 잔뜩 나 불고 있었다. 덕분에 안 그래도 찌푸려진 중천의 얼굴은 더욱 찌푸려졌다.

망가진 관계의 틈에서… 고생하는 건 바로 자신.

"하아……."

나오는 한숨을 중천은 참을 수가 없었다.

답답함.

그의 현재 심정이었다.

* * *

한편 남궁현성이 잠든 막사에서 나온 남궁유성과 남궁철성은 근처 불가에서 손을 녹이고 있었다.

내력은 마르지 않는 게 아니니 이렇게 체력과 내력을 보존하는 것이다. 더욱이 내일은 대대적인 전투가 예상이 되니, 내력은 최대한 아껴놔야 했다.

물론 살을 에는 강풍 때문에 중간 중간 내력을 돌려야 하는 건 변함이 없었다.

"도와줄 것 같나?"

불에 손바닥을 가까이 대고 이리저리 돌리던 남궁철성이 툭 내던진 말. 둘도 안다. 비천객, 천리통혜와 현재 남궁세가 의 사이를.

너무 잘 안다.

"모르겠네. 하지만 천리통혜가 도와준다고 해도 마땅한 방법이 있을 것 같신 않군."

"후후, 지푸라기라도 잡자는 심정 아닌가. 잘은 몰라도 아마 그녀라면 대응책을 마련해줄 것 같아. 이상하게 그런 예감이 들어."

"전 중원이 알아주는 지낭(智囊)이라면 보여주는 게 당연한 일이겠지. 그 둘의 존재를 인정하지는 않으나 그 명성에 걸맞은 전공을 쌓았다는 걸 부정하지는 않네. 길림성에서 비천대가 보여준 신위는 단순히 알려진 것만 해도 엄청나지. 그건 인정해. 하지만 지금은 좀 달라. 시각이 너무 촉박해. 이제해가 뜨려면 얼마 남지 않았어."

"그렇지. 얼마 남지 않았지. 이제 세 시진이면 아마 대충 전투가 시작될 게야."

어둠이 장악하고 있는 하늘을 올려다보는 남궁철성. 그는 새삼 이상한 기분이 들고 있었다.

그리고 그건 남궁유성도 마찬가지.

그의 입이 열리고 나오는 말이 그걸 증명했다.

"어쩌다가… 대남궁세가가 이런 꼴이 됐는지, 어이가 없군."

"안일했지. 상대를 너무 무시했고, 게다가 경험도 없었지."

"그래도 이건 심해. 완전히 당했어. 그것도 알고 당할 판이야. 모르고 당했다면 분하지라도 않지. 이건 알면서도 당할 수밖에 없는 상황이야."

새벽의 기습으로 인해 남궁세가 진형 전체를 삼킨 씨앗.

어둠, 의심, 파멸 등등.

갖가지 단어를 앞에 붙여도 될 씨앗이 남궁세가의 진형 전체에 심어졌고, 그 씨앗은 인간의 마음을 잡아먹으며 급속도로 자라나고 있었다.

만개할 시간은 얼마 걸리지도 않는다.

예상한 대로라면… 사람에 따라 벌써 만개했을 지도 몰랐다. 다만, 마음속에서 만개했기 때문에 누가 만개했고, 누가 피어나는 중이고, 누가 씨앗을 제거했는지는 확인할 방도 자체가 없다.

고도의 심리전.

적군의 군사에게 완벽하게 당한 것이다.

"전쟁이라면… 군사가 있었을 거라 당연히 예상했어야 했어."

남궁철성의 나직한 말에, 남궁유성은 고개를 끄덕여 수궁했다. 하아, 그답지 않게 한숨을 내쉬었다.

"경험이 없었지. 그저 힘으로… 오랜 세월 일좌에 앉아 있던 대가인가."

"하하, 창천대검답지 않은 말이로군."

"현실이니까."

무뚝뚝한 그 말에 남궁철성은 그의 어깨를 툭툭 쳤다. 다른 사람이 그런 행동을 했다가는 곧바로 서릿발 같은 기세를 받았을 것이나, 남궁철성은 그런 행동을 해도 되는 몇 안 되는 사람 중에 하나였다.

이름도 돌림자를 쓰는 걸 보면 알 수 있듯이 둘은 아주 어려서부터 함께 커온 사이다. 연배는 남궁철성이 두어 살 정도 위지만, 이미 둘 사이에 격의는 없어진지 오래였다. 말을 튼게 언제인지도 모를 정도.

"후우……."

"그런 자네도 천하대협답지 않게 한숨인가."

"하하, 그냥 나도 모르게 나오는 군 그래. 하하하!"

멋쩍은 웃음을 지으며 얼버무리는 남궁철성이었다.

둘의 한숨.

사실 이건 굉장한 일이다.

이 둘이 언제 이런 일을 겪어 봤겠나. 강호는 그들이 태어나고 나서 전쟁이 없었다. 그 전에는 있었지만 그건 역사의 일이다.

그들이 겪은 게 아니다.

후우.

나오는 건 한숨이요, 한탄이다.

움찔.

순간 어깨를 잠시 흠칫 편 둘은 곧바로 한 곳으로 시선을 돌렸다. 빠르게 다가오는 인기척을 느꼈기 때문이다.

느긋하게 대화를 하고 있었지만 사실 기감은 예민하게 깨워놓고 있었다. 또 혹시 모를 기습 때문이었다.

일반적인 무인이라면 이렇게 장시간 기감을 열어놓는 행동은 못하지만 둘은 가능했다. 일반적인 무인이 아니었기 때문이다.

"소가주군."

"그래, 소가주 말고 더 인기척이 느껴지는 걸 보니 천리통혜도 같이 오는 것 같군."

"용케 설득했군."

"후, 가주님을 깨우지."

남궁유성은 막사 안으로 들어갔고, 남궁철성은 잠시 막사

앞에서 기다렸다. 곧바로 막사 안에서 인기척이 들렸다.

한 사람이 아닌, 둘.

곧바로 반응하고 일어난 것이다.

잠시 기다리자 중천의 모습이 보였다. 그리고 그 뒤로 보이는 비천대의 일원들. 백면의 품에 안겨 있던 무혜가 내리자 중천이 그녀를 한 번 보고 입을 열었다.

"천리통혜를 모셔왔습니다."

"고생하셨소. 가주께서는 지금……."

지금 일이 있으니 잠시 기다리라 말하려는 찰나, 그 말을 자르고 막사 안에서 목소리가 흘러나왔다.

"들어들 오시게."

"지금… 아닙니다. 들어가시죠."

민망한 표정이 된 남궁철성이 무혜를 포함한 비천대원을 안내했다. 뭐, 사실 안내라고 할 것도 없었다. 바로 등 뒤 막사로 들어가면 끝이니까.

남궁철성이 막사 휘장을 손수 열자 가장 먼저 중천이, 그다음 무혜를 시작으로 비천대원이 줄줄이 들어섰다.

"가주님. 모셔왔습니다."

예를 취하고 하는 중천은 무혜에게도 존칭을 썼다. 모셔왔다는 말은 보통 자신보다 상급자를 데리고 왔을 때 쓰는 말이다.

혹시 모르니 자신의 아버지에게 지금 이 자리를 공적인 자리라 생각하라는 중천의 숨겨진 뜻이 담긴 말이었다.

"이 늦은 시간에 어려운 부탁을 받아줘서 감사드리오. 일단 앉으시오."

반 존대. 그리고 손짓으로 척, 탁자를 가리켰다. 살짝 웃는 낯으로 한 말이긴 하나 미미하게 굳어 있는 건 숨길 수 없었다.

그래도 태도에 어긋남은 없었다.

"아닙니다. 어려울 때일수록 서로 도와야지요."

무혜도 그 말에 입가만 살짝 말아 올려 대답한 후 자리에 앉았다. 무혜가 자리에 앉자 단문영이 그 옆에 앉았고, 나머지 비천대원들은 둘의 등 뒤에 시립했다. 둘을 지키겠다는 의도가 명확했다.

그래도 무기에 손을 얹지는 않았다.

시작부터 불쾌감을 줄 필요는 없음을 백면은 물론 태산과 윤복, 그리고 장팔도 눈치껏 파악했기 때문이다.

"피곤하진 않으시오?"

"괜찮습니다. 길림성에서 하도 고생했더니 이런 생활은 많이 익숙합니다."

"이런, 익숙해지면 별로 좋지 않거늘 익숙해지셨구려. 길림성에서 비천대가 이룬 무명은 익히 들었소. 이 남궁 모(某)도

감동하여 수하들에게 비천대의 찬탄을 아낄 수 없었소."

"감사합니다."

"내 앞으로 비천대의 기상과 의기를 세가 무인들에게 아주 똑똑히 전파할 생각이라오."

"과분하니 그 말씀은 거두어주십시오."

"하하, 과분하다니, 그 무슨 말씀이시오. 비천대의 활약은 오히려 알려진 게 적지 않소. 그런 꼴을 이 남궁 모는 못 지켜본다오. 하하하."

"……."

칭찬한다.

무혜는 남궁현성의 마지막 말에 대답은 피하고 그저 입을 살짝 가리고 웃기만 했다. 이 대체 뭐하자는 짓인지.

마치 처음 본 것처럼 말을 꺼내고 있었다. 그것은 이 대화 자체에 남궁현성이 어떤 의미를 숨겨 놓았다는 뜻이다.

알아들었을까?

무혜가 누군가.

정확히 알아들었다.

'모르는 사람. 공적인 자리에서는 절대 아는 척 하지 말자는 뜻. 비천대는 인정하나 우리는 인정하지 않겠다는 뜻.'

무혜는 남궁현성의 뜻을 정확히 파악했다.

실제 남궁현성의 뜻은 무혜의 생각과 똑같았다.

아는 척하지 말라.

나는 너희를 인정하지 않는다.

지금만 서로 동맹일 뿐이다.

우리는 한 핏줄이 아니다.

등등의 뜻을 내포했고, 무혜의 대답에서 자신의 뜻을 파악한 것을 알고는 미묘한 미소를 그렸다.

"시간이 늦었습니다. 제게 부탁하실 일이 무엇인지 듣고 싶습니다."

"이런, 내 깜빡했구려."

"……"

그에 그냥 싱긋 웃는 무혜.

'조급하지 않다고 보여주는 건가? 실제 속은 전혀 아니면서……'

이 또한 의도된 행동.

공적인 자리에서 남궁현성이 보여주는 화법은 상당히 능구렁이 같았다. 그러나 무혜는 웃었다.

남궁현성의 구렁이 열 마리를 속에 품고 대화를 하겠다면.

'나도 그러면 그뿐이지……'

눈에는 눈, 이에는 이라지 않은가?

"오늘 기습이 있었던 것은 알고 있으리라 믿소."

"예, 저희 쪽에서도 파악은 했습니다."

"어떻게 보셨소?"

"처음부터… 다 얘기해드려야 하겠습니까?"

싱긋.

무혜가 살짝 웃으며 되묻자, 남궁현성은 눈을 잠시 동그랗게 떴다가 감았다. 그러더니 이내 손을 휘휘 저었다.

"이런, 내 그대가 천리통혜 임을 깜빡했구려. 다 알고 계시니 길게 끌지 않고 말하겠소. 현재 남궁세가는 상당히 위험한 상황에 빠져 있소. 그런데 적은 내일 이를 이용해 전면전을 할 작정으로 보이오. 전투가 벌어지면… 본가의 필패가 예상되오. 그대에게 부탁할 것은 두 가지이나, 따지고 보면 하나요."

"말씀해주세요."

"본가에 닥친 위험을 해소시켜 줄 방법이나… 아니면 전면전을 피하는 방법이오."

"음……."

무혜는 가는 손을 움직여, 입술을 살짝 매만졌다. 그 이후 고개도 살짝 숙여졌다. 남궁현성의 말에 상념에 잠기는 모습.

의도된 연출이었다.

눈에는 눈, 이에는 이라고 좀 전에 말한 것처럼 저쪽이 먼저 심기를 건드렸으니 이쪽도 애간장을 태우겠다는 의도다.

그걸 보는 중천은 속이 탔다.

중천은 이미 무혜에게 방법이 있을 것이라… 지금에 와서는 그리 생각하고 있었다. 자신이 갔을 때 전부 모여서 회의를 하고 있었던 점. 자신이 가자고 했을 때 바로 따라나섰던 점. 중천이 아는 무혜는 방법이 없으면 움직이지 않는 군사다.

확실한, 정확한 정보, 방법이 있어야 움직이는 게 바로 천리통혜. 그러니 따라 나섰다는 것 자체가 이미 방법은 있다는 것.

그런데 대화가 시작부터 요상하게 흘러가더니 이렇게 되어버렸다. 물론 처음 대화의 뜻을 이해 못할 중천이 아니었다.

그도 눈치가 있으니 대화를 머리로 곱씹으면서 바로 파악했다. 그러나 중천은 나설 수 없었다.

이건 공적인 자리다.

자신은 남궁세가의 소가주이자, 중천검대주고, 눈앞의 중년 사내는 남궁세가의 정점에 군림하고 있는 가주다.

그러니 나설 수 없었다.

나서는 순간 불경도 그런 불경이 없게 되니 말이다.

"일단……."

무혜의 입이 열렸다.

빠르게 뒷말이 이어졌다.

"퇴각이 가장 좋은 방법입니다. 지금이라도 자는 무인들을 깨워 도주. 그게 모두 사는 방법입니다."

"그건 불가하다오."

무혜의 첫 번째 방안에 남궁현성은 생각할 것도 없이 퇴짜를 놓았다. 도주? 퇴각? 말도 안 되는 소리!

그야말로 개 중에서도 똥개가 짓는 소리일 것이다. 물론, 남궁세가주의 입장에서 본다면 말이다.

살짝 낯빛이 변한 남궁현성이 다시 대답했다.

"본가에게 후퇴란 없소."

"그게 최선의 방법이라도 말입니까?"

"그렇소. 임전불퇴. 한 번 시작된 싸움에서 본가는 유구한 세월 동안 적과 맞서 그런 정신으로 싸워왔다오."

"그 마음, 잘 알겠습니다. 좀 더 생각할 시간을 주십시오."

무혜는 고개를 살짝 끄덕여 대답하고는 다시 생각에 잠겼다.

무혜는 진짜… 독했다.

사실 이미 방법이야 나왔다.

바로 옆의 단문영이 해답이 담긴 궤짝이 열쇠이고, 그 자체로 궤짝 안에 존재하는 해답이다. 그래서 같이 왔다.

하지만 그럼에도 말하지 않는 이유는… 받은 대로 돌려주는 것이다. 여유? 무혜는 이렇게 생각했다.

'지금은 여유를 부릴 때가 아니지. 자존심을 세울 때도 아니고. 부탁해. 좀 더 간절하게. 그렇지 않으면……'

도움이고 나발이고, 이대로 손 땐다.

그게 지금 무혜의 마음이었다.

이미 척은 질대로 진 상황.

안 도와줘도 그 누구도 뭐라고 하지 않을 것이다. 숙여진 무혜의 입가에 미소가, 지독히 서늘한 미소가 그려졌다.

봤다면, 남궁현성의 간담을 서늘하게 만들 그런 미소였다.

*　　　*　　　*

그리고 그걸 보는 다른 한 사람, 단문영도 속으로 생각한다.

'오라비나 동생이나……'

참으로, 참으로 독하다.

단문영은 맹세할 수 있었다.

단언컨대.

무린이나 무혜보다 독한 남매는 세상 그 어디에도 없을 것이라고.

이런 두 사람과 척을 진 남궁세가가 도리어 불쌍해 보일 지경이었다. 세(勢)로 따지면 비천대가 압도적으로 불리한데도 말이다.

'참으로 얄궂어. 진 공자가 남궁세가의 세를 등에 업으면 마녀와의 싸움도 좀 더 수월해 질 텐데.'

마녀(魔女).

이 중원에 깊게 뿌리내린 대적(大敵)이다.

그 어떤 말로도 설명할 수 없는 존재.

그 자체로 무저갱의 어둠을 몸에 품은 여인.

기절했나.

상단을 극으로 열어 정신력으로 따지자면 절정을 넘은 고수에게도 뒤지지 않을 단문영이 보는 것만으로도, 느끼는 것만으로 기절해 버렸다.

그게 고통에서 해방되는 유일한 길이니 뇌가 의식을 강제로 차단시켜 버렸다. 태어나서… 그런 존재는 처음 본 단문영이었다.

그런 마녀와 싸워야 할 운명의 단문영이고, 무린과 무혜였다. 그런 그들에게 남궁세가의 무력이 받쳐 준다면?

도움이 될 것이다.

대충 그저 그런 도움이 아니라, 굉장히 큰 도움이 될 것이다.

하지만 현실은?

'시궁창도 이 두 관계보단 낫겠어.'

완전히 꼬이고 꼬여, 도저히 풀 방법이 없는 실타래. 차라리 잘라 버리는 게 수월한 상태의 실타래.

얽히고설켜 도무지 답이 보이지 않는 관계.

그게 무린과 무혜, 그리고 남궁세가와의 관계라 생각했다. 왜 이렇게 됐는지 단문영은 당연히 안다.

혼심으로 연결되어 있고, 모조리 읽었으니까.

왜 남궁현성이 이렇게 진씨 삼남매에게 분노를 품고 있는지도 아주 잘 알고 있었다. 지키지 못한 자책감에서 시작해서 심각하게 엇나간 버린……

애증(愛憎)이다.

다만, 증이 심각하게 클 뿐이었다.

구 할 구 푼이 증오면 겨우 일 푼 정도가 애(愛)다.

'못 풀어, 이건……'

가만히 눈동자만 굴려 남궁현성과 무혜를 번갈아 봤다. 마음을 속으로 숨긴 구렁이들이 서로를 은밀히 향해 이를 드러내고 대립하고 있는 모양새.

자신의 존재가 해답인 것은 명확히 알고 있는 단문영이지만 나서지 않았다. 자신도 이제는 엄연한 비천대의 관계자.

그런 자신이 비천대의 군사의 뜻을 어기는 것은 있을 수 없는 일이라 생각했다.

'어쨌든 끝은 보이겠지.'

대립은 영원할 수 없다.

화해를 하든, 아니면 박 터지게 싸우든 결과는 나올 것이다. 그도 아니면 그냥 서로 무시하고 물러나든가.

'하지만 그럼 남궁세가는 궤멸.'

물러서지 않겠다고 이미 의지를 공표했으니 전면전이 벌어지는 건 피할 수 없다. 혼심만큼이나 지독한 심마를 품고 선투에 임해 승리한다?

말도 안 되는 소리라고 단문영은 생각했다.

눈먼 칼에 수없이 많은 무인이 죽을 것이고, 그건 곧 패배로 이어질 것이다.

'대패(大敗). 어쩌면 천하제일가의 자리가 위험할 정도로.'

단문영도 돌아가는 상황 전체를 제대로 파악하고 있었다. 그리고 생각을 계속하고 있자니 머리가 아팠다.

'그만, 결국 군사의 결정에 달린 문제야. 나는 돌아가는 상황만 지켜보자.'

나름… 재미있으니까.

사르르.

단문영의 입가에 예의 신비로운 미소가 감돌기 시작했다.

그 미소가 생겨난 직후, 무혜의 입도 같이 열렸다.

　"죄송합니다. 마땅한 방법이… 떠오르질 않습니다."

　콰앙.

　폭탄을 그냥 내던져 버린 무혜였다.

第百三十九章 독심혜(毒心慧)

허어…….

무혜의 말에 남궁현성의 눈이 가늘게 찢어졌다. 나직한 한숨도 같이 나왔는데, 그 한숨에 깃든 감정은 미묘했다.

허탈한 것도 아닌 것 같았고, 실망한 것도 아닌 것 같았다. 그렇다고 분노한 것도 아닌 것 같았다.

가장 근접한 감정을 말해보라면… 음, 탐색? 그래, 탐색 정도였다. 즉, 참인지 아닌지를 가리는 눈빛과 한숨이었다.

진익를 탐색하는 남궁현성.

그에 무혜는 꼿꼿했다.

그 눈빛을 마주 바라보고 결코 돌리지 않았다.

사르르.

서리가 막사를 뚫고 내리는 것 같았다.

정말 중요한 순간이지만 각자의 양보할 수 없는 마음이 이 순간에도 대립하게 만들고 있었다.

"허어, 이거 참……"

눈빛을 거둔 남궁현성이 '허탈한' 목소리로 중얼거렸다. 이제야 한숨과 말에 실망한 감정이 들어 있었다.

후우.

다시 남궁현성의 입에서 한숨이 흘러나왔다.

"……"

"……"

툭툭툭.

남궁현성은 눈을 감고 탁자를 손가락으로 톡톡 쳤다. 중천은 그걸 보고 침을 꿀꺽 삼켰다. 아버지다. 그러니 알 수 있다.

저건 버릇이다.

중천은 저 행동을 보는 즉시 침을 꿀꺽 삼켰다. 경각심(警覺心)이 즉각 머리를 들었다. 저 행동은 중천이 마음에 들지 않을 때, 무의식이 아닌 의식적으로 보여주기 위한 행동이었다. 압박을 가하기 전 행동이었다.

그래서 본가와 손을 잡고 일을 하는 사람들은 이런 남궁현성의 버릇을 알고 있었다. 그가 눈을 감고 탁자를 손가락으로 툭툭 치기 시작하면 무조건 조심하라는 말이 떠도는 것도 중천은 잘 알았다.

'심기가 많이 불편해지셨어. 무혜, 대체 왜냐? 너는 알고 있으면서!'

중천은 입술을 질끈 깨물었다.

이제는 확신이 섰다.

무혜는 분명히 이 상황을 타개할 방책을 알고 있다. 그런데 알고 있으면서 말을 해주질 않고 있다.

속으로 꼭꼭 숨기고, 없다고 능청을 떨고 있다.

솔직한 마음으로는 지금 당장 입을 열고 싶다.

무혜! 너는 알고 있지 않느냐!

대체 왜 그걸 숨기는 것이냐!

원하는 건 들어준다 하지 않았느냐!

왜냐!

대체 왜!

이렇게 호통을 치고 싶었다.

하지만 그러지 못하는 것은 당연히 남궁현성의 존재다. 이미 공적인 자리임을 확실히 했기 때문에 입을 여는 것 자체가 불경이 된다.

물론 그냥 한 번 혼나고 만다는 생각으로 나서도 된다. 하지만 중천은 그럴 수도 없었다. 좀 전 남궁현성과 눈이 마주쳤었다.

그때 확실히 남궁현성은 눈빛으로 말했다.

나서지 말라.

부자지간이니 눈빛만 봐도 알 수 있었다. 사이가 먼 부자도 아니고, 거의 하루에 몇 번은 뵌다. 회의니 뭐니 하면서 함께하는 시간은 충분히 길었다.

그러니 알 수 있다.

척하면 척이다.

'후우…….'

그러니 중천이 할 수 있는 것은 속으로 한숨을 내쉴 뿐이었다. 그리고 무혜의 행동을 원망하는 것뿐이었다.

환장할 일이다.

중천은 그냥 상념을 끊었다.

대체 왜 이러는지 어차피 대화가 좀 더 진행되다 보면 전부 나올 것이다. 그냥 마음 편히 기다리는 게 좋을 것 같았다.

톡톡톡.

남궁현성이 탁자를 때리는 주기가 점차 빨라졌다. 그러다가 이내, 어느 순간 툭 멈췄다. 그리고 눈을 뜨고 무혜를 다시 봤다.

다시금 대화의 시작이다.

"이런, 내 생각이 길어졌소. 자리를 청해놓고 실례를 저질렀구려."

"아닙니다."

무혜는 남궁현성의 말에 고개를 저어 사양했다. 그리고 가만히 상체를 펴고 남궁현성의 눈을 바라보며 뒷말을 이었다.

"아무런 도움이 되질 못해 그저 죄송할 뿐입니다."

"아니오. 천리통혜가 잘못한 게 무에 있겠소. 전부 본가의 안일함으로 인해 생긴 일인 것을. 그러니 귀하는 심려치 마시오."

"말이라도 감사합니다."

대단했다.

무혜는 끝끝내 단문영을 거론하지 않았다.

대체 얼마나 독한 마음을 가지고 있어야 이런 일이 가능한지, 진짜 비천대원 전부가 무혜의 머리와 가슴을 열어 알아보고 싶었다.

비천대도 질릴 만큼의 독심.

그러나 그들은 얼굴을 처음 표정 그대로 유지한 채 겿ㅋ 내색하지 않았다. 군사가 이러는 것은 전부 이유가 나중을 위해서라는 것을 이미 전부 알아챘기 때문이다.

그러니 그저 지켜본다.

"후우, 시간이 없구려."

안타까운 남궁현성의 말.

그리고 남궁현성은 다시 무혜를 봤다.

"……."

"……."

다시금 시작되는 두 사람의 눈싸움.

서늘한 무혜의 눈과, 같은 핏줄이라 그런지 마찬가지로 안타까움 속에 싸늘함을 숨긴 남궁현성의 눈빛이 허공에서 교차했다.

대화를 시작하고 나서 몇 번째 눈싸움인지.

세려면 끝도 없었다.

대화 중간 중간 계속 부딪쳤으니 말이다.

그런데 이번 눈싸움은 달랐다.

남궁현성이 얼굴 전면에 깔려 있던 안타까운 표정이 서서히 사라졌다. 그리고 그 대신 치고나오는 건 숨겨놨던 싸늘함.

서늘함과 싸늘함.

똑같은 의미의 감정을 서로 전면에 깔고, 다시 눈싸움이 시작됐다. 공적인 자리가 깨지기 시작했다.

남궁현성의 기도도 변했다.

사람 좋아 보이던 모습은 온데간데없었고, 천하제일가의 가주. 그 명성과 자리에 걸맞은 위엄을 막사 안에 가득 뿌리기 시작했다.

"이렇게 나오시겠소?"

"무슨 말씀이신지 모르겠습니다만."

"천리통혜께서는 이미 알고 있지 않소?"

"그러니까 무슨 말씀을 하시는 건지 잘 모르겠습니다."

"……."

하하, 하하하!

남궁현성이 그 말에 눈싸움을 멈췄다.

그리고 너털 웃음을 터트렸다. 허탈함을 날려 버리기 위한 웃음이었는지, 웃음이 멈췄을 때 그의 표정은 평온했다.

두 손을 살짝 들더니 항복의 표시를 했다.

천하제일가의 가주답지 않은 능청스러움. 그러나 그것도 의도된 행동.

"졌소."

그 말과 함께 앉은 상태로 남궁현성의 상체가 굽혀졌다. 천천히, 모두가 볼 수 있게 확실하게 굽혀졌다.

그러나 깊이 숙여지지는 않았다.

딱 적당한 각에서 멈췄다.

"도와주시오."

간절하지는 않지만 정중한 목소리였다.

그리고 결코 비굴하지도 않은 목소리였다. 위엄 또한 살아 있는 부탁. 가주직에 있는 남궁현성이라 가능한 부탁이었다.

으음…….

그에 남궁유성과 남궁철성은 물론 중천의 입에서도 미약한 신음이 흘러나왔다. 그들은 처음 봤다.

거짓말이 아니라 남궁현성이 남에게 고개를 숙이는 모습을 오늘 처음 봤다. 언제나 당당했던 게 남궁현성이었다.

아니, 처음부터 정점에서 태어났으니 고개를 숙일 일이 없었다. 그런 그가 고개를 숙였다.

그리고 부탁했다.

고개를 숙이고 부탁하는 것.

쉽지 않은 일이다.

그것도 천하제일가의 가주직에 앉아 있는 사람이라면 더욱 힘든 일이다. 한 번도 안 해본 일이니 더더욱 힘들다.

"……."

사람들의 시선이 남궁현성에게서 무혜에게로 옮겨갔다. 서늘함은 아직 얼굴 전면에 남아 있다.

그러나 미묘한 표정의 변화가 있었다.

슬며시 말려 올라간 입술.

비웃음?

아니다.

승자의 웃음.

싸움에서 이긴 자만이 지을 수 있는 패자를 내려다보는 웃음. 무혜의 웃음을 정의하자면 딱 그랬다.

독하다.

아… 진짜 독하다.

사람들은 이제야 전부 제대로 깨달을 수 있었다.

무혜가 알면서도 모른 척했던 것, 그것은 바로 지금 이런 상황을 만들려고 했음을. 천하제일가를 이끄는 남궁현성이 고개를 숙이는 상황을 연출하기 위해서였음을.

독심.

배짱.

둘 다 정말 어마어마했다.

남궁현성이 고개를 세웠다.

"후우……."

그리고 나오는 깊은 한숨.

그로서는 세가 무인들의 목숨을 살리기 위해 본인의 자존심을 버렸다. 그에 나오는 한숨이었다.

물론, 속은 타들어갈 것이다.

무혜에게, 자신이 그토록 인정하지 않던 조카에게 머리를 숙였으니 오죽할까. 하지만 그런 감정은 속으로만 삭히고, 겉으로는 홀가분한 표정을 했다.

이는 남궁현성의 마지막 자존심이었다.

그리고 무혜는…….

그건 건드리지 않았다.

"그렇게까지 하시니… 좀 더 생각해 보겠습니다."

"……."

그런데도 생각을 한다?

이 상황까지 끌고 와놓고도?

"부탁드리오."

그러나 남궁현성은 개의치 않았다. 어차피 지금 당장 옳다구나, 이제 됐어! 하고 말해줄 수는 없는 노릇일 것이다.

그러니 생각하는 '척'이라도 하는 것이다. 그리고 오래지 않아… 답은 나온다. 모든 사람이 공통적으로 한 생각이었다.

"전면전을 피할 수 있는 방법… 음."

눈을 감고, 고개를 살짝 숙이고. 팔짱을 꼈다.

그리고 자유로운 손으로 코끝을 살살 만지며 무혜는 중얼거렸다.

"가장 좋은 방법은… 지연. 시간 끌기? 아니면 아예 전면전이 일어나지 않는 것."

현재 상황을 중얼거리며 정리하는 무혜.

어차피 이미 다 끝냈으니 이는 보여주기 위한 연기였다. 그걸 모르는 사람은 없었다. 비천대와 단문영의 입장에서는 정말 대단했지만 반대로 남궁유성은 분노를 겨우 참고 있었고, 남궁현성은 그저 담담한 얼굴로 화를 억누르고 있었다.

중천과 남궁철성은 그저 고개를 저었다.

중천은 졌다는 표정.

남궁철성은 어이가 없다는 표정이었다.

아.

짧은 탄성.

무혜가 고개를 들었다.

"겨우 하나가 생각났는데… 들어보시겠습니까?"

"……."

끄덕.

남궁현성은 당연히 고개를 끄덕였다.

저걸 듣기 위해… 고개까지 숙였다. 그러니 정말 얼마나 대단한 계략이 나오는 지, 아주 똑바로 새겨들을 작정이었다.

"제 옆에 계신 이분은… 만독문에서 오신 분이십니다. 지금은 저희 비천대원이지요."

"알고 있소. 만독문, 단가의 장녀. 독을 쓰자는 기요?"

"예. 혹시… 꺼려지십니까?"

"음……."

기껏 나온 게 독이라니…….

남궁현성의 얼굴이 순간적으로 굳어갔다. 그는 무인이다. 경지에 든 무인에게 독은 사실상 무용지물이다.

진짜로 마음먹고 금지된 독을 쓰지 않는 이상 인체에 침입 즉시 무인이 가진 방어체계가 반응할 것이고 그 다음 경고를 보낼 것이다. 그 후는 내력이 움직인다. 어떤 독이라도 사실 일류 정도의 무인이 작정하고 내력을 돌리면 웬만한 독은 그대로 녹는다.

극독(劇毒)이라고 해도, 범인에게나 극독이지 무인에게는 그냥 독일뿐이다. 남궁현성도 단문영이 길림성에서 보여준 신위는 익히 들었다.

하지만 그건 무인이 아니고 병사들이니 가능했던 일이다.

"무인을 중독시킬 독도 충분히 만들 수 있지요."

"……?"

그에 남궁현성의 표정이 살짝 움찔했다.

무인을 중독시키는 독이라고?

그런 극독은 어마어마한 가치를 가질 텐데… 있어도 소량일 것이고.

"만들기도 쉬워요. 재료를 구하기도 쉽구요. 여기 있는 남궁세가의 약재 창고만 뒤져도 될 것 같네요."

이 말은 단문영의 입에서 나왔다.

이제야 돌아가는 상황이 전부 풀렸고, 자신이 나설 때라고 생각한 단문영이었다. 남궁현성의 시선이 무혜에게서 떨어져 단문영에게로 향했다.

"무슨 독이오?"

"이질을 유발시키는 독이에요."

"이질?"

"네, 다른 말로는… 설사라고 하죠?"

"……."

남궁현성의 표정이 굳는 대신 단문영의 입가에는 미소가 피어났다. 그때까지 가만히 있던 남궁유성이 나섰다. 자리가 자리인 만큼 그도 경어를 썼다.

"효과가 있소?"

"물론이에요."

"어느 정도요?"

"중독되는 순간부터 일다경 안이랍니다."

차 한 잔 마실 시간.

그 안에 장운동이 미친 듯이 일어난다는 소리다.

"중독의 확률은?"

"사실 그게 가장 중요하죠? 하지만 긱징 말아요. 이건 독이지만 독이 아닌 독이니까요. 그러니 무인의 면역 체계도 우습

게 파고들어가지요. 그리고 이미 예전에 길림에서 써본 적도 있어요. 그때 대상은⋯ 소전신과 그의 친위대. 어떻게 됐을까요?"

"⋯⋯."

예전에 한차례 마주했을 때 단문영은 못 들었지만 비천대는 들었다. 소전신이 아주 고생했다는 사실을.

아주 제대로 걸려들었고, 아주 피똥을 쌌을 것이다. 비유적인 의미의 피똥이 아닌 진짜 피똥을 말이다.

"얼마나 있어야 하오? 준비하는데 걸리는 시각은?"

"금방이에요. 약재만 충분하다면⋯ 이것과 함께 섞어서 대량으로 만들 수 있어요."

그러면서 단문영은 품에서 작은 주머니 하나를 꺼냈다. 그리고 그 안에서 하얀 천으로 꽁꽁 싸맨 뭔가를 꺼냈다.

그리고 살살 풀어 헤치니, 하얗게 말라 있는 약초 하나가 보였다. 게다가 동시에 싸늘한 한기도 퍼지기 시작했다.

"설초라고 해요. 아시는 분은 아실 거예요."

"영초군. 한기가 이리 느껴지는 걸 보니."

"맞아요. 장백산의 한기가 가득 담겨 있지요. 이걸 섞으면 이 차가운 기운이 은밀히 인체에 스며들 거예요. 게다가 지금은⋯ 겨울. 삭풍이 몰아치고 있지요. 더욱 눈치 못 챌걸요?"

"⋯⋯."

음… 하고 탄성을 흘린 남궁유성의 고개는 자연스럽게 끄덕거려졌다. 분노는 일단 접어두고, 냉정하게 생각해 보니 저 단문영이라는 여인이 말한 독이 그대로 적진에 적용이 된다면 생길 이후 상황은?

이쪽에 매우 이롭다.

피똥을 싸기 시작하는데 전면전을 걸어오는 멍청이들은 그 어디에도 없을 테니 말이다.

"준비하는데 걸리는 시각은 얼마나 되오?"

남궁유성의 물음.

이번 시선은 무혜였다.

그러자 무혜는 반대로 단문영을 바라봤다. 무혜의 시선을 받은 단문영의 입술이 자연스럽게 열렸다.

"한 시진하고 반이요."

"해가 뜨고 아침도 먹고 다 할 시각이오."

지금이 벌써 진시가 다 되어가고 있었다. 지금부터 준비해야 사시가 넘어 준비가 끝날 것이다.

"혼자 했을 때 말한 시각이고요. 도와주는 이가 있다면 제가 말한 시각의 반은 충분히 줄일 수 있어요."

"바로 부탁하오. 내 조치도 다 해 놓으리다. 그리고 최대한 빨리 부탁드리오."

"최선을 다해볼게요."

그렇게 대답한 단문영이 일어나자, 그녀의 앞으로 남궁철성이 자연스럽게 나왔다. 그리고 따라오시오, 소저. 하고는 앞장서 걸었고, 단문영은 그의 뒤를 따라 막사 밖으로 나갔다. 그녀가 나가자 남궁현성이 다시 무혜를 바라봤다.

　"세부적인 논의를 했으면 하오만."

　"예, 당연히 그래야지요. 단순히 독만 푸는 걸로 전면전을 막을 수 있는 것은 아니니까요."

　"설명을 부탁드리오."

　"예."

　후우.

　무혜는 잠시 눈을 감고 숨을 들이마셨다.

　떨려서가 아니었다. 잠시 생각을 정리할 시간이 필요했기 때문이었다. 후우… 다시 숨이 천천히 나가고, 무혜도 눈을 떴다.

　"일단 가장 큰 문제는 적이 움직일 시기입니다. 척후조는 운용하고 계시지요?"

　"물론이오."

　"아마, 지금쯤이면 적은 슬슬 준비를 하고 있을 겁니다."

　"음……."

　중천이 남궁유성을 바라봤다.

　확인하라는 뜻이었다.

끄덕.

남궁유성이 그 눈빛을 받고 밖으로 나갔다.

그가 나가고 무혜는 다시 입을 열었다.

"지금 준비하고 있다는 것은 앞으로 한 시진 후 정도면 공격이 시작될 겁니다."

"그럼 늦지 않소?"

"예, 늦지요. 그러니 늦춰야겠지요."

"늦춘다?"

"예."

무혜는 자신 있게 대답했다.

이제 불필요한 신경전은 남궁현성이 고개를 숙임으로써 끝났다. 그도 앞으로 일에 대해 진지하게 나오는 만큼, 무혜도 마음가짐을 다르게 먹었다.

독심무혜는 사라지고, 어느새 차가운 천리통혜 무혜로 돌아온 것이다.

"교란, 기습, 등등 많은 방법이 있겠지만… 저는 일기토를 제안합니다."

"일기토를? 또 말이오?"

남궁현성이 의아한 표정을 지은 채 되물었다.

"예."

"음……."

남궁현성이 인상을 찌푸렸다.

일기토. 그 안의 진의(眞義)를 깨닫지 못했기 때문이다. 분명 뭔가 노리는 게 있으니 일기토를 제안했을 것이다.

그렇지 않다면 군이, 일기토를 딱 꼬집어 말할 필요가 없었을 테니 말이다. 으음… 남궁현성의 신음이 길어져 갔다.

홀로 깨닫기 위해서였다.

"……."

"……."

무혜는 재촉하지 않았다.

군이 재촉할 필요도 없었다.

그러나 무혜가 한참을 기다렸지만, 남궁현성은 답을 찾아내지 못했다. 애초에 그걸 쉽게 알아낼 수 있었다면 사실 무혜의 도움도 필요 없었을 것이다. 스스로 자력으로 해결했을 테니 말이다.

어쨌든, 결국 알아내지 못한 중천이 다시 무혜를 바라봤다.

"모르겠구려."

"……."

무혜는 고개를 끄덕였다.

그럴 거라 예상했다.

일기토로 인한 상황전개를 파악했을 정도면 자신의 머리는 필요가 없었을 테니 말이다.

"적의 예봉을 꺾는 것이 첫 번째 목적입니다."

"예봉이라……."

예봉(銳鋒).

창칼의 날카로운 끝을 말함이다.

전쟁에서 예봉은 당연히 가장 처음으로 오는 선봉군을 말함이다. 무혜는 일기토로 적의 예봉을 꺾을 작정이다.

아니, 꺾는 정도가 아니라 아예 분지르고 꺾은 다음 태워버릴 작정이었다.

"예, 예봉. 적의 선봉을……."

다 죽여 버릴 작정이다.

길었다.

그리고 마침내 왔다.

'드디어…….'

부르르.

무혜의 어깨가 떨렸다.

탁자 밑, 무릎 위에 올려 진 두 주먹이 바르르 떨렸다. 분을 참기 힘들어 찾아온 현상. 남궁현성은 그런 무혜를 가만히 바라봤다.

지금의 무혜가, 좀 전의 무혜와 다르다는 것을 인지했기 때문이다. 격정적인 감정이 휩쓸고 있는 모양새.

왜 모를까.

자신도 무(武)에 정진하다 보면 단계마다 경험하는 현상인 것을.

물론 무혜가 지금 느끼는 감정은 남궁현성이 느꼈던 것과는 달랐다. 복수의 때가 왔기에, 그 때문에 떨고 있는 것이다.

꽉 깨물린 입술.

이미 너덜너덜해졌고, 정심이 준 연고를 발라 이제 조금 딱쟁이가 진 입술이 다시 터졌고, 피가 흘러 들어가며 혀끝으로 비릿한 맛을 느끼고 나서야 무혜가 다시 천천히 원상태로 돌아왔다.

하아…….

짧은 격동을 끝낸 무혜가 웃었다.

시리다.

그 어느 때보다… 시린 웃음.

음…….

남궁현성, 중천은 물론 비천대까지 무혜의 그 웃음에… 소름이 돋아났다. 더불어 남궁가의 두 사람은 처음으로 무혜에 대한 평가를 달리 했다.

이 여자.

위험하다.

눈빛만 보면 알 수 있었다.

무서운 짓을 벌일 생각이었다.

듣지 않아도 느껴졌다.

공적인 석상에서는 단 한 번도 보이지 않았던 눈빛으로 돌아간 남궁현성. 그는 무혜를 보면서 다른 것도 하나 느꼈다.

그 정도 되는 경지니 보이는 것.

심마(心魔).

남궁현성의 입가에도 미소가 그려지기 시작했다. 무혜의 미소와는 전혀 다른 의미의 미소였다.

第百四十章　회전준비（會戰準備）

귀환병사

　진시 초가 되자 남궁세가의 모든 무사가 일어났다. 일어난 그들의 얼굴은 퀭했다. 하룻밤 사이에 변해도 너무 변해 버린 그들이었다.

　잠?

　과연 몇 명이나 잤을까?

　웃고 떠들고, 같이 죽어라 무공을 익혔던 동료들이 갑자기 칼을 빼들어 소가주에게 상해를 입히고, 하늘이라 할 수 있는 가주한테 넘벼들었는네.

　눈 감고 잠드는 순간 옆에서 같이 자고 있던 동료가 갑자기 칼로 자신의 목을 딸 수 있다는 경각심이 그들을 단 한 숨도 못 자게 만들었다.

신경은 날카롭게 섰고, 날카롭게 선 신경은 극히 사람을 예민하게 만들었다. 당연히 극도로 올라간 신경을 계속해서 유지할 수는 없다.

체력이나 내력처럼 정신력에도 당연히 한계가 있기 때문이다. 정신력이 한계에 다다르고 무뎌지기 시작하면서 체력도 동시에 떨어지기 시작했다.

몸은 물먹은 솜처럼 무겁고, 눈꺼풀도 천근만근이나 나가는 것처럼 계속해서 감겼다. 단 하루다.

정말 단 하룻밤 사이에 신경쇠약에 걸린 것이다.

물론 전부 그런 것은 아니었다.

일부 무인들은 제대로 상황을 파악하고 동료들에게 전파하고 있었지만 이미 한 번 시작된 의심의 씨앗으로 인해 그 말을 제대로 귀담아 듣는 무인들은 거의 없었다. 그러자 괜찮은 무인들도 지쳐 아무것도 하지 않고 있었다.

"이건 뭐 벌써 패잔병 분위기군."

남궁세가의 진형을 슥 훑어보고 와서 고개를 절레절레 저으며 하는 제종의 말에 다시 막사에 모인 비천대는 고개를 끄덕였다.

상황은 정확히 무혜가 예측한 대로 흘러갔다.

남궁세가의 진형은 새벽이 끝나자마자 늪에 빠진 것처럼 흐느적거렸고, 엎친 데 덮친 격으로 남궁세가의 척후조가 입수한 정보에 따르면 적진은 은밀하지만 소란이 느껴지고 있다고 전해왔다.

"앞으로 반 시진입니다."

무혜의 말이었다.

남궁현성과 모든 대화를 끝낸 무혜는 다시 무린의 옆 막사로 돌아왔다. 눈이 무거웠다. 무인도 아닌 무혜가 하루 이상을 안 자고 버틴다는 것은 사실 쉬운 일이 아니었다. 새벽에 한 시진 정도 눈을 붙이긴 했지만 그 정도로 피로가 풀릴 리가 없었다.

게다가 머리는 좀 썼나?

머리에 쥐가 나도 이상하지 않을 지경이다. 그러나 무혜는 꼿꼿한 자세와 표정을 여전히 유지하고 있었다.

무린이 누워 있는 이상, 자신은 비천대를 이끌고, 피해를 최소화할 의무가 있기 때문이었다. 그러니 힘들어도 괜찮은 척은 필수였다.

"단 소저가 그 전에 준비를 끝낼 것 같소?"

"간당간당할 겁니다."

"그럼 결국 나서야겠구려."

"예."

무혜는 남궁현성에게 확실한 승리의 방법을 제시했다. 일기토에 직접 나서는 것은 남궁현성.

그가 나서는 순간 적군의 군사는 그런 남궁현성을 무시하려 할 것이다. 왜? 굳이 일기토를 붙을 필요가 없기 때문이다.

당장 무혜만 하더라도 지금의 남궁세가를 상대한다 치고 남궁현성이 일기토에 나선다면 무시할 것이다.

비단 그건 남궁현성뿐만이 아니다. 그 누가 나서더라도 무시한다. 무시하고 그냥 전면전을 걸어버릴 것이다.

그러니 적 군사도 그럴 것이다.

어제 남궁세가에 성공시킨 계략. 그 정도의 능력이면 분명 일기토가 시간을 끌기 위함임을 눈치챈다.

이건 십 할 그 이상 장담할 수 있는 무혜였다.

그래서 비천대가 움직인다.

"저희는 대놓고 움직입니다. 적군의 옆구리 쪽에서 왔다 갔다 하면서 적이 대응을 나오면 바로 빠집니다. 맞상대는 절대 안 됩니다."

"알고 있소. 그런데 만약 대응하러 나오는 적이 먹음직해 보이면 어떡하오?"

백면이 되물었다.

무혜의 고개가 저어졌다.

"안 됩니다. 대응은 절대 불가입니다. 계속해서 적의 심기를 어지럽히는 것. 우리가 뭔가를 노리고 있다는 생각을 적에게 심어줘야 합니다. 때에 따라서 가까이 다가가기도 해야겠지요. 하지만 말했듯이 역시 적과 직접적으로 교전에 들어가는 건 반드시 피해야 합니다."

"음… 군사가 그리 말하니 그리 하겠소."

"감사합니다."

그건 피해를 최소화하기 위함이었다.

일단, 승기가 넘어오기 전에 비천대는 결코 전투에 개입하지 않을 것이다. 적의 이목은 다각도에서 끈다.

"남궁세가가 잘 움직여 줘야 하는데……."

"그래도 철대검과 창천대검이 이끄는 검대인데… 어느 정도는 제대로 움직여 주겠지."

"모르는 일이야. 전쟁이라고? 흘, 어떤 일이 벌어져도 이상치 않은 게 바로 전쟁이지."

"그건 그렇다만… 그래도 평균은 해주지 않을까?"

제종과 마예의 대화.

둘은 이미 작전에 대한 개요와 전개에 대해 들었다. 그러니 핵심이라 할 수 있는 남궁세가 주력검대가 무혜가 말한 임무를 잘 해결해 줘야 한다.

이목은 양쪽에서 끈다.

살살 간을 보는 것처럼.

양 날개처럼 퍼져서 그들의 시야가 닿는 곳에서 움직인다. 대놓고 움직이면 분명 부담이 된다.

무시하고 돌격하면?

볼 것도 없다.

그대로 후미를 때려 박으면 된다.

그럼 양쪽에서 압박한 후, 압살로 전개된다. 그걸 적군의 군사가 모를 리가 없다. 그러니 그도 의심을 시작할 것이다. 의심 자체가 아마 시간을 끌게 될 것이다. 그래도 한 시진은 불가능하겠지만 못해도 반 시진에 조금 못 미치게는 시간을 끌 수 있다. 생각 끝에 나올 수 있는 반응은 두 가지.

하나는 무시하고 예정대로 때려 박는 것.

다른 하나는 좌측의 비천대와 우측의 철검, 창천대에 병력을 보내 견제하는 것. 하지만 이렇게 되면 병력은 분산된다.

만약 후자의 방법을 쓰고 본진으로 남은 무인이 들이닥치면? 남궁현성도 제 몫을 충분히 해줘야 한다.

그가 해줘야 할 일은 구양가를 자극하는 것. 그들은 무를 숭상하는 족속들이다. 그러니 그의 임무는 지극히 중요하다.

일기토는 못하더라도, 최소 대화는 해줘야 한다. 대화가 어느 정도 진행되면 이미 준비는 끝이 날 것이다.

준비가 끝남과 동시에 단문영은 작업을 개시한다.

전투가 벌어지기 전, 단문영이 하독만 하면 성공이다. 그것도 대성공으로 이루어진다. 양쪽으로 견제를 나간 적군은 신경 쓰지 않아도 좋다.

구양가와 군벌로 구성된 본진만 중독시키면 끝이다. 그럼 남궁현성과 장로원의 고수들. 그리고 중천이 이끄는 중천검대와 구주에서 모여든 남궁세가의 무인들이 적의 본진을 압박, 궤멸시킬 작전을 시작할 것이다.

남궁세가 무인들의 마음속에 자리 잡은 의심의 씨앗. 그걸 의심, 그 하나에 집중하지 못하도록 강제로 분산시켰다. 이 작전 자체가 모두에게 보여 질 수 있도록 펼쳐지기 때문이다.

비천대와 철검대, 창천대의 움직임은 대놓고 진형에서 보일 것이니 뭐하는 건가 싶을 것이다. 물론 그런다고 완전히 희석시키지는 못한다.

하지만 작전이 성공해서 방어가 아닌 공격으로 나가게 되면 이건 또 얘기가 달라진다. 전장의 광기가 서서히 일어나기 시작함으로써 이성이 조금씩 마비될 것이다.

게다가 단문영의 살포한 이질독이 반응이 나오는 것을 보게 되면 중천을 위시한 지휘관들은 그걸 노려 선전할 것이다. 적이 지금 중독되었다고. 약점이 드러났다고.

중천은 충분히 그럴 역량이 있는 사람이니 걱정 없었다.

"역시 승리의 열쇠는 단 소저의 독이군."

"그렇습니다."

남궁유청의 말에 무혜는 굳은 얼굴로 고개를 끄덕였다. 사실 무혜도 불안하기는 했다. 단문영이 자신만만하게 말하긴 했지만 그래도 완전히 믿음이 가는 건 아니었다. 군사이다 보니 모든 가능성에 대해 생각해야 했기 때문이다.

그런데도 단문영의 말을 믿은 이유는 소전신 우챠이가 길림성에서 마지막에 마주쳤을 때 고생 좀 했지, 하고 비릿하게 웃었던 것을 기억해 냈기 때문이었다.

친위대에게도 먹혔다.

우챠이의 친위대는 거의 비천대의 무력과 비슷했다. 그야말로 용호상박. 비천대가 용이면 친위대는 호랑이.

그런데 그 정도 실력이나 되는 친위대가 중독당해서 고생했다고 했다. 게다가 그 척박한 대지에서 살아 강인하기 그지없는 육체와 체력, 면역 체계를 지니고 있을 친위대가 말이다.

그러니 의심 끝에 믿음이 갔다.

"만약 적이 독에 대한 대비를 하고 있으면?"

"……."

무혜는 그 말에 그냥 웃었다.

독에 대한 대비를 적이 하고 있으면? 그럼 그냥 답이 없다. 거기까지 꿰뚫어 보는 군사라면 그 어떤 수를 쓰더라도 안 먹힐 것이다. 정보가 빠져나갔다면 그것도 어쩔 수 없다. 패는 마련해 줬는데 그걸 노출시킨 것은 남궁세가니까.

정말 그렇게 흘러가면?

무혜가 천천히 입을 열어 나직한 목소리로 말했다.

"미련 없이 도망갑니다."

깔끔하다.

패가 노출됐는데 무식하게 끝까지 싸우는 짓은 정말 바보나 하는 짓이다. 무혜는 돌아가는 상황을 보고 만약 작전이 안 먹혔다 싶으면 미련 없이 비천대를 빼낼 것이다. 그리고 도망친다.

무린이 걸리긴 하지만… 무혜는 무린에 대한 대처 방안도 이미 생각해 놓았다. 이 회의가 끝난 직후, 무혜는 남궁무원을 찾아갈 것이다. 그리고 부탁할 것이다. 무린을 데리고 빠져 달라고.

남궁세가로 데리고 가서 보호해 달라고.

소요진의 전투가 끝난 후 모시러 가겠다고.

그때까지만 부탁한다고.

그렇게 무혜가 말하면 남궁무원은 그 말을 거절하지 않을 것이다. 그걸 거절할 것 같았으면 지금 무린을 보호하고 있지도 않을 것이다. 그런 무혜의 생각을 끊고, 제종이 분위기를 환기시켰다.

"자자, 그럼 좀 더 얘기해 보자고. 우리가 적의 이목을 끌게 되면… 아마도 친위대가 나오겠지?"

"킬킬! 그야 당연하지. 기동력이 좋은 우리를 견제할 수 있는 건 친위대밖에 없지. 킬킬킬! 근데 그 새끼들은 우릴 보는 즉시 죽자고 달려들 텐데? 그때도 도망?"

갈충이 되물었다.

대답은 마예에게서 나왔다.

"군사께서 교전은 피하라 했으니 바로 도망쳐야지. 그러려면 일정 경계 이상은 들어가면 안 돼. 친위대의 전마는 우리 전마와 비교해도 결코 떨어지지 않아. 가속도를 생각하면 최소 이십 장은 그들과 거리를 떨어트려 놔야 돼."

"반대쪽에 진을 친 것 같지만 본진에서 불쑥 튀어나올 수도 있으니 조심해야겠군."

"적 척후도 문제가 될지도 몰라. 비인의 살객이 함정을 파놓았을 수도 있고. 재수 없게 기병을 잡는 함정을 팠으면 최악이야. 이건 남궁세가에 물어봐도 모르겠지?"

확실히 비인의 살객이 은밀히 함정을 팠으면 최악이긴 하다. 기병의 최대 약점은 가속을 못하는 경우다.

단단한 줄이나 구덩이 같은 것에 걸리면 최악이다.

그 대화를 듣고 무혜가 다시 입을 열었다.

"말했듯이 거기까지 파악했다면 독에 대한 것도 파악했을 겁니다. 그리고 당연히 척후를 보냈습니다. 김연호 대원과 연경 대원에게 눈썰미 좋은 대원 열을 붙여 보냈으니 조금 있으면 함정의 유무를 파악해 올 겁니다. 저희는 함정이 있는 즉시, 작전을 변경해 남궁세가에 알리고 이탈합니다."

"함정이 있는 게 우리가 독을 준비했다는 걸 적이 알고 있다는 증거가 되나?"

"눈보라가 몰아치는 새벽에 굳이 함정을 설치했습니다. 그건 곧 기습에 대비했다는 뜻입니다. 기습에 대비했다는 것은… 이쪽에 대한 정보도 착실히 받고 있다는 뜻입니다. 이쪽은 적의 세작이 심어져 있고, 반대로 우리는 적에 대해 모른다면 정보에서 완전히 밀리는 게 됩니다. 어쨌든 함정이 있다면 생각할 것도 없습니다. 즉각 작전은 멈춥니다."

무혜의 긴 말에 비천대 조장들은 고개를 주억거렸다. 점점 날이 밝아져 왔다. 아직도 하늘은 먹구름이 가득, 사위가 어둡지만 이 정도면 앞은 분간이 가능한 정도다. 당장 전투가 벌어져도 이상하지 않을 모양새.

그러나 모든 전투에는 준비가 필요하듯이 적도 준비가 필요해서 아직 전투가 벌어지지는 않고 있었다.

확인이 필요한 순간.

"혜야!"

기가 막힌 시기에 막사 안으로 누군가 들어왔다.

중천이었다.

다급한 목소리로 무혜를 부르고 들어온 중천이 인상을 잔뜩 굳힌 채 입을 열었다.

"적이 움직이고 있다는 전갈이 왔다. 봐서는 반 시진 내에 움직일 것 같다는 구나!"

번뜩.

한줄기 서늘한 기운이 무혜의 눈동자에 맺혔다가 사라졌다.

적군의 군사는 조금 서두르고 있었다.

최대한 남궁세가에 심어놓은 씨앗이 살아 있을 때 치고 싶어 하는 것. 어차피 장기전으로 갈 입장도 아니긴 했지만 그래도 급하다. 그걸 보고 무혜는 느꼈다.

'조금 조급해. 그렇다면…….'

이쪽의 정보를 알아차렸을 가능성은 떨어진다.

만약 알고 있다면 오히려 더욱 느긋하게 기다렸을 것이다. 적이 알아서 도망가지 않고 오히려 다가올 때까지. 그러지 않았다는 것은 적은 자신들의 계책을 알아차리지 못했다는 뜻.

무혜는 속으로 아주 진하게 웃었다.

세상은 역시 공평하다.

적군의 군사도 훌륭했지만 마지막에 이르러 작은 실수를 했다. 그 작은 실수는 무혜에게 포착됐고, 이윽고 확신이라는 감정을 가지게 만들었다. 그러니 웃을 수밖에 없었다. 그러나 겉으로는 담담한 표정으로 대답했다.

"아침 식사를 빨리 치렀나보군요. 그럼 슬슬… 저희도 움직여야겠습니다."

무혜는 그 말을 듣고 자리에서 일어났다.

일어난 후 백면을 보는 무혜.

"준비하겠소."

"부탁드립니다."

"거정 마시오."

무혜의 말에 백면의 가면 속 눈동자가 호선을 그렸다. 무혜의 마음을 이해하고 웃음으로 안심시킨 것이다.

밖으로 나오자 중천이 말했다.

"가주께서 빨리 보자 신다."

"가기 전에 잠깐 들를 데가 있어요. 먼저 가 계십시오."

"들를 곳?"

"예. 저는 남궁 노사님을 뵙고 갈 테니, 먼저 가 주십시오."

그 말에 고개를 끄덕이는 중천.

무혜가 먼저 가라고 했으니 필경 이유가 있다고 판단한 것이다. 그 이유야 남궁현성이 애간장을 태우기 위함이지만 중천이 그런 것까지는 깨닫지 못하고 있었다. 저진의 움직임에 정신이 팔린 탓이었다. 중천이 다시 남궁가의 진형으로 달려가자 무혜는 곧바로 무린의 반대편 막사로 향했다.

"저 무혜입니다. 어르신, 안에 계신지요."

"있다. 들어오너라."

"예."

휘장을 걷고 안으로 들어가자 남궁무원이 막사 중앙에 가만히 앉아 있었다. 검을 옆에 놓고 정좌하고 있는 그의 모습은 그냥 봐도 여유가 있었다.

'세가가 잘못 되도 아무런 상관이 없다는 걸까……?'

아니면 이미 정에서 초탈했던가.

하지만 무린을 이렇게 감싸고 보호하는 걸 보면 그런 건 또 아닌 것 같았다.

"할 말이 있어 찾은 것 같구나."

"예."

"말해 보거라."

길게 끌지 않는 남궁무원.

그걸 보며 남궁무원은 막사 안에 가만히 있으면서도 돌아가는 분위기를 어느 정도 파악한 것 같았다.

그러니 무혜의 시간을 잡아먹지 않기 위해 바로 본론으로 들어간 것이다.

"오라버니를 남궁세가로 데리고 가주십시오."

"무린을?"

"예."

"흐음, 전투가 있을 모양이구나."

"예, 어떻게 될지 예상이 가질 않습니다. 그러니 오라버니라도 무사하게 보호해 주고 싶습니다. 그리고 그걸 부탁드릴 사람이 어르신밖에 없습니다."

"그래, 그러마."

"감사합니다."

역시, 남궁무원은 무혜의 말에 고민도 하지 않고 승낙했다. 그도 전투가 벌어질 것이라는 걸, 그것도 대규모로 벌어질 것이라는 걸 이미 알고 있는 것 같았다. 무린을 보호하려면 여기에 있는 것보다 차라리 이곳에서 아예 데리고 나가는 게 더 안전하다는 것도 당연히 알고 있었다.

"할 일이 많을 테니 가서 일 보거라. 무린이는 걱정하지 말고."

"예, 그럼 잘 부탁드립니다."

무혜는 천천히 고개를 숙여 감사를 표하고, 다시 몸을 돌려 막사를 나섰다. 이제 무린은 괜찮을 것이다.

하지만 가기 전에 무혜는 무린의 얼굴을 보고 싶었다. 무린이 잠들어 있는 막사로 들어가자 무린 말고 두 사람이 더 있었다.

정심.

그리고 이옥상이라고 자신을 밝힌 검문의 고수였다.

"오셨어요?"

밤새 무린을 보살폈는지 피곤한 얼굴로 정심이 인사해 왔다.

"안 주무셨나요?"

"조금 쉬긴 했어요."

"피곤해 보이는 걸요."

"하하, 간호라는 게 원래 피곤한 일이랍니다."

"……"

고마운 사람이다.

정말 고마운 사람이다.

만약 정심이 없었다면?

'아……'

끔찍한 생각이 드는 무혜였다.

소전과의 전투로 무린이 입은 부상들. 정말 연정이라는 분과 정심이 없었다면 무린은 아마… 이 세상에 없었을 것이다.

그걸 생각하면 정말 무혜나 무월, 그리고 무린도 이 눈앞의 소저에게 쉽게 갚지 못할 거대한 은혜를 입은 것이다.

'이걸 다 어찌 갚을까……'

게다가 생각까지 깊다.

"이게… 제 일이랍니다. 제가 섬을 나온 이유고요. 진 소저께서 생각하는 부분은 잘 알지만 미안해하지 말아요. 저는 맡은바 임무를 하고 있을 뿐이니까요."

무혜의 생각을 읽었는지 단호한 목소리로 그 같이 말해왔다.

그 말에 신기하게도 정말 생각이 멈췄다.

무혜의 입가에 정말 오랜만에 진실된 미소가 폈다.

꾸밈없는 미소와 함께 무혜가 가지런한 이를 다시 보였다. 밀두도 평범한 여인이 쓸 어조로 돌아왔다.

"고마워요."

"별말씀을요. 그런데 밖이 어수선한데… 무슨 일이 있나요?"

"예. 곧 전투가 벌어질 것 같아요."

"네? 전투요? 땅이 엉망인데요?"

"밤에 일이 좀 있었어요."

"무슨 일이요?"

"기습을 당했는데… 아주 제대로 당했어요. 그 때문에 전면전은 불가피해졌어요. 그리고 그런 이유로 오라버니를 어르신께 부탁드렸어요. 두 분도 같이 가주셨으면 해요."

"어디를요?"

"남궁세가요."

"거절할게요."

"예?"

즉각 나온 정심의 대답에 무혜가 오랜만에 놀란 탄성을 저도 모르게 흘렸다. 너무 의외의 대답이었기 때문이다. 하지만 이어 나온 정심의 말에 곧바로 수긍할 수밖에 없었다.

"저는 의원이에요. 곧 전투가 벌어진다면서요? 그럼 사상자도 나오겠죠? 의원이 그런 그들을 버려두고 어디를 가겠어요?"

"아……."

"떠나라는 말은 저에게 모욕이랍니다. 진 소저."

"알겠어요."

무혜는 웃었다.

그리고 웃으면서 생각했다.

'이분은 천생 의원이구나…….'

자신이 천생 군사인 것처럼, 무린이 천생 무인인 것처럼 말이다. 그러니 다가올 대규모 전투가 있는데도, 이길지 확실치도 않은데도 이 자리에 있겠다고 한다. 웬만한 마음가짐으로는 사실 어림도 없는 일이었다.

생존에 대한 본능적인 공포는 사람마다 다르지만, 가장 상위에 존재하는 감정이니 말이다.

'그러고 보니 이분도 천명이 이끄는 분이시라고 했던가?'

천명.

정말 거지같은 단어가 아닐 수 없었다.

거부할 수 있으면 좋으련만 상황이 만들어지고, 몰고 가는 꼴을 보니 달아날 수도 없겠다싶은 무혜였다.

지긋지긋하고 아주 더러운 놈.

천명이란 단어는 무혜에게 이제 그리 변질됐다.

조용히 둘의 대화를 듣고 있는 이옥상에게 무혜의 시선이 옮겨샀나.

"이 소저도 남을 생각인가요?"

"그럼요. 제가 어딜 가겠어요? 정심이를 나두고."

"하긴, 그렇군요. 다만 조심해 주시고, 제가 만약 도망치라고 하는 순간 주저 없이 정심 소저를 데리고 도망가길 바라요. 그것만은 약속해 주세요. 정심 소저도요."

"진 소저가 도망가라 명령을 내리면?"

"예. 저는 이번 전투에 이길 확신은 분명히 있지만, 전쟁이란 게 어디 마음대로 돌아가는 법이 없거든요. 어떤 변수가 있을 지도 모르고. 이쪽의 계략이 제대로 먹힐지, 저쪽의 계략이 먹힐지 아무도 모르는 법이에요."

"아하……."

"진인사대천명."

"알겠어요."

무혜의 진인사대천명이란 말에 이옥상은 바로 수긍했다.

진인사대천명(盡人事待天命).

인간으로서 할 일을 다 하고 하늘의 뜻을 기다리자는 뜻으로, 무혜는 지금 자신이 할 수 있는 최선을 다 했으니 들어주는 것은 하늘에게 맡긴다는 말이었다. 즉, 하늘이 안 들어주면 패배고, 들어주면 승리라는 뜻.

"잘될 거라 믿어요. 천리통혜가 하는 일이니."

"그랬으면 좋겠네요. 후우, 조금 있으면 어르신이 와서 오라버니를 데리고 갈 거예요. 두 분은 전장에서 떨어진 이곳에서 대기해 주길 바라요. 상황이 안 좋게 돌아가면 바로 이곳으로 사람을 보내겠어요."

"네. 이번엔 진 소저의 말에 따를게요."

"고마워요. 그럼 저는 이만……."

이옥상은 전투에 참가하겠다고 무린에게 밝혔었으나, 지금처럼 정심이 무방비가 되면 어쩔 수 없이 이곳에 남아야 한다.

그녀의 무력은 무린에게 듣기로는 자신과 비슷하다고 했으니 정심은 안전할 것이다. 그래도 무혜는 비천대 몇을 이곳으로 보내야겠다고 속으로 생각하고 막사를 나섰다.

나서기 전, 침상 위에 누워 있는 하얗게 질린 무린을 바라 봤다. 그러나 똑바로 바라볼 수가 없었다. 보는 즉시 눈물이 터질 것 같았기 때문이다. 질끈 다시 눈을 감고 시선을 돌렸다. 집중. 딴생각하지 말자!

'집중! 내가 잘해야 돼! 지금은 정말… 중요해. 반드시, 반드시 이겨야 돼!'

오라버니를 위해서도.

그리고……

나를 위해서도.

관평을… 위해서라도.

밖으로 나오니 백면이 바로 보였다.

"정심 소저와 이옥상 소저 곁에 비천대 다섯을 따로 빼서 방어를 부탁드릴게요."

"알겠소. 그보다 남궁세가의 사람이 또 왔다 갔소. 아주 급한 얼굴이던데……."

"이제 갈 생각입니다."

"후후, 정말 군사는 대단하구려. 이 상황에서도 심리전을 펼치다니."

"……."

백면의 말에 무혜는 그저 살쏙 웃었다.

도움은 준다.

그것도 전력으로.

하지만 물렁하게 보일 생각은 전혀 없었다.

무혜는 느긋하게 남궁세가 진형으로 걸음을 옮겼다. 그런 무혜의 옆으로 남궁유청이 자연스럽게 따라 붙었다.

第百四十一章

소요대회전 개전

귀환병사

남궁세가의 진형은 분주했다.

명령이 떨어졌는지 다들 전투준비에 여념이 없었다. 그런데 굉장히 다급하게 준비를 하고 있었다.

마음에 여유가 하나도 없어 생긴 현상이었다.

무혜는 가면서도 그걸 하나하나, 전부 눈에 담고 있었다. 이들은 언젠가는 적이 될 이들. 머리에 입력해 놓으면 좋으면 좋았지, 나쁠 건 어디에도 없었다.

"군사는 참으로 대단하구나."

"그런가요?"

같이 걷던 남궁유청의 말에, 무혜는 그냥 모른 척 대답했다. 무엇을 대단하다고 하는지 듣는 순간 알 수 있었지만 굳이 내색하지 않았다.

"허허, 그래. 참으로 대단해. 내 태어나 만난 여인 중 자네가 가장 대단하네. 이 늙은이도 두 손 두 발 다 들었네, 들었어. 허허허."

"과찬이에요."

"허허, 칭찬은 아니네만?"

"칭찬으로 들을게요."

"이거 참… 허허."

남궁유청은 너털 웃음을 터트렸다.

본가의 위기지만, 언제부턴가 남궁유청은 본가에 대한 걱정을 조금씩 하지 않게 됐다. 물론 완전히 안 하는 건 아니었다. 지금도 본가에 대한 걱정은 한다. 하지만 비천대와 본가인 남궁세가. 어느 쪽이 중요하냐고 묻는다면 선뜻 대답하지 못할 것 같았다. 이유는 역시 딱 하나, 비천대에 대한 걱정이 본가를 향한 마음을 조금씩 잡아먹기 시작했기 때문이다.

함께하던 시간이 점점 길어지니 비천대에 남궁유청이 녹아들기 시작한 것이다. 늦게 본 딸아이의 복수를 위해 다시 뽑아든 검.

그 검과 함께 비천대와 수없이 생사를 넘나들며 쌓인 전우애 때문이었다. 이제 남궁유청은 그저 목적을 위해 함께하는 창천유검이 아닌, 비천대의 창천유검이라 불러도 조금의 부족함도 없었다.

그러니 지금도 남궁세가와 함께하는 게 아닌 비천대와 함께 하고 있었다.

"어?"

"유청 님?"

분주히 움직이던 남궁세가 무인 몇몇이 남궁유청을 알아 봤다. 창천유검의 명성은 사해를 울린다.

그리고 그가 비천대와 함께하고 있다는 사실도 널리 알려 진 이야기.

"돌아오신 겁니까?"

"이제 함께하시는 겁니까?"

그중 다시 몇이 남궁유청을 향해 그렇게 물었다. 그러나 남궁유청은 대답 대신 가만히 고개를 저었다. 바로 대답을 기대 하던 무인들의 얼굴에 실망감이 깃들었다. 남궁유청의 무력 이야 유명하지 않은가.

창천유검(蒼天柳劍).

저 드넓은 창공에 유유히 흐르는 검.

그의 창궁무애검은 일절 중에서도 일절이다. 유명한 이야 기로는, 남궁현성조차 창천유검이 창궁무애검 만큼은 자신보다 뛰어나다고 했던 일화가 있다.

그건 빈말이 아니었다.

물론 지금은 유검보다는 파검(波劍)이 더욱 어울리게 변한 창궁무애검이지만, 사람들은 아직 남궁유청의 검을 견식해 보지 못해 그런 사실은 모른다.

"어째서 함께하시지 않으십니까?"

한 무인이 그렇게 물었다.

무복의 표식을 보니 중천(中天)이라 적혀 있다.

중천검대의 무인이었다.

"해야 할 일이 있어서네."

가볍게 대답한 그의 말에 다시 무인이 말해왔다.

"여기서도 할 수 있으시지 않습니까?"

"그건 내가 판단할 문제라네. 그보다 바쁘니 다음에 대화 합세."

"…예, 알겠습니다."

남궁유청의 말에 불만을 품고 멀어지는 무인. 그의 얼굴에 는 숨길 수 없는 감정이 있었다. 바로 실망, 불만 등등 그다지 좋은 감정은 아니었다. 이해 못할 것도 아니었지만, 어쩐지 그 같은 사실이 씁쓸해진 남궁유청이었다.

무혜는 아무 말도 안했다.

그저 가만히 있는 게 약이라는 것을 알기 때문이었다.

두 사람은 잠시 그렇게 걸었고, 이내 남궁현성의 막사 앞에 도착했다. 그는 막사 안에 있지 않고 밖에 나와 있었다.

그리고 그런 그의 앞으로 창천대와 철검대가 모두 모여 도열해 있었고, 그 앞으로는 다시 창천대검 남궁유성, 철대검 남궁철성이 있었다. 이들이 나와 있는 이유는 딱 하나다. 작전이 시작되는 것이다.

남궁현성은 긴말 안했다.

아니, 긴말 정도가 아니라 지극히 짧은 한마디만 던졌다.

"무탁한다."

정말 딱 그 한마디였다.

그리고는 두 검대의 무인들을 천천히 훑어봤다. 그러자 지나오면서 봤던 무인들과는 확연하게 다른 기세가 피어오르기 시작했다. 전장을 전전하며 기감이 예민해진 무혜이기에 확실히 느낄 수 있었다.

'역시……'

이제껏 보았던 그 어떤 무인과 비교해도 역시 차원이 달랐다. 그리고 이들은 잠재적인 적. 확실히 봐둘 필요가 있었다.

무인 하나하나와 눈을 맞췄던 남궁현성이 마지막으로 남궁철성과 남궁유성을 바라보고 고개를 끄덕였다.

믿는다.

출진해라.

안 봐도 이런 감정이 담긴 행동이었다.

그러자 그 둘도 고개를 마주 끄덕여 답하고는, 등을 돌렸다.

"철검대 출진!"

"창천검대 출진!"

쩌렁!

두 사람의 내력이 가득 담긴 웅혼한 외침이 남궁세가 진형 전체를 뒤흔들었다. 흠칫! 근처에 있던 무인들은 물론 진형 안에서 분주히 움직이던 모든 이들의 움직임이 잠시 멈췄다. 대놓고 움직인다.

남궁세가 무인들에게 심어진 의심의 씨앗. 그 씨앗이 만개해 뻗치고 있는 영향력을 줄이기 위한 고의적인 행동이었다.

이제 세가 무인들의 이목은 창천대와 철검대로 옮겨 갈 것이다.

뭐지?

무슨 일이지?

그렇게 의식이 옮겨가기 시작하면, 조금이나마 나쁜 감정으로부터 생각이 분산된다. 그 정도로도 충분한 효과를 보여 줄 것이다.

열을 맞춘 창천대와 철검대가 빠르게 세가 진형을 벗어나 좌측의 언덕을 향해 달렸다. 남궁세가를 지탱하는 무(武)의 주력답게 빨랐다. 그리고 일정한 간격을 유지했다. 오와 열이 확실하게 맞았다.

순식간에 언덕을 넘어 숲으로 사라지는 창천대와 철검대.

그리고 그 순간.

비천대!

출진!

남궁유성과 남궁철성의 외침에 결코 부족하지 않은 백면의 거대한 사자후가 터졌다. 아니, 이 외침은 사자후가 아닌, 패왕후(覇王吼)에 가까웠다. 지독한 패기가 느껴지는 목소리. 높은 지대에 형성된 남궁현성의 막사였기에 저 멀리 검은 점이 쏜살같이 뻗어나가는 모습이 눈에 잡혔다.

속도면에서는 비천대가 단연 빨랐다.

무인이 아무리 빠르다고 해도 내력을 조절해야 하기 때문에 극성으로 끌어올리지 않고 달려간다. 천풍신법(天風身法), 무한보(無限步)가 아무리 절정의 경공신법이라고 해도 마찬가지다.

그러나 비천대는 달랐다.

전마의 힘을 빌리고 있기 때문에 거침이 없었다.

고속으로 달리는 비천대는 언덕의 경계로 순식간에 이동

하고 앞으로 내달렸다. 두드드드드! 눈이 쌓였으니 소음을 들리지 않았다.

그러나 무혜는 거친 말발굽 소리가 들리는 것 같았다. 히히히힝! 투레질 소리도 들리는 것 같았다.

환상이고, 환청이었다.

"진 소저."

그리고 환상을 깨는 목소리.

단문영이었다.

무혜가 돌아보니 단문영이 미소를 지은 채 바라보고 있었다.

반짝!

그 미소에 무혜의 눈동자가 빛났다. 하얀 치열이 보일 듯 말 듯, 입술이 말려 올라갔다.

"끝났나요?"

"네, 다 준비했어요."

"고생하셨어요."

"고생은요. 다 살자고 하는 짓인데."

그러면서 단문영이 다시 예의 그 신비로운 미소를 지었다. 묘하게 슬프기도 한 그 미소에 무혜는 마주 웃어주었다.

"효과는 어떨 것 같나요?"

"장담할게요. 내력을 돌리면서 대비하고 있지만 않으면…

십중팔구는 고생 좀 해야 할 거예요.."

"……."

그 대답에 미소 짓는 무혜.

섬뜩한 미소였다.

"이질독에 세가의 명운이 걸려 있다니… 이거도 역사에 남겠어. 하하."

독이지만, 독이 아닌 게 바로 이질독.

사실은 치료제지만 조금 약효를 강화시킨 게 바로 이질독이다. 평범한 치료제에 설초가 들어가면서 전혀 다른 놈으로 탈바꿈한 독.

그런 이질독에 남궁세가의 명운이 걸렸다.

남궁현성의 말은 푸념에 가까웠다.

냄새가 진동하는 개싸움이 될 것이다.

이거도, 아마 강호사에 길이 남을 것이다.

하지만.

"살아남는 게 중요하지 않겠습니까?"

"하하, 그렇게 생각하오. 지금 이 순간만은. 그럼 나도 슬슬 가겠소."

"잘 부탁드립니다."

"내가 할 일이 어디 있겠소. 천리통혜께 부탁해야지. 잘 부탁드리오."

"……."

꾸벅.

이목이 많으니 그 말에 살짝 고개를 숙여 답하는 무혜. 무혜의 인사를 받은 남궁현성은 천천히 걸어 나가기 시작했다.

일기토.

생사결.

그의 임무는 시간 끌기와 동시에 적군의 군사에게 이쪽이 대체 뭘 꾸미고 있는지 고민하게 만드는 것이다.

"오늘, 많이 죽을 거예요."

"예?"

"느꼈어요. 오늘… 정말 많이 죽을 거예요."

"……."

단문영은 범인들이 느끼지 못하는 것을 느끼는 여인이라는 것을 깜빡한 무혜다. 그러니 잠시 그녀의 말에 놀라 말문이 막혔다.

그녀가 많이 죽는다고 한다.

그러면 많이 죽는다.

높은 확률로 그녀의 말은 맞아 들어갈 것이다.

"누가 죽을지는… 모르겠지?"

남궁유청이 물었다.

"네, 거기까지 제가 알 수 있었다면… 신녀 소리를 들었을 걸요?"

"허허, 그렇지. 그랬다면 무산에 자리를 틀어도 누구도 뭐라 못했겠지. 허허허."

무산의 맥.

이제는 맥이 끊긴 신녀의 전설이 살아 숨 쉬는 산.

만약 단문영이 거기까지 파악했다면 정말 무산에 자리를 잡고 신녀 행세를 해도 그 누구도 뭐라 못했을 것이다.

그만큼 단문영의 능력은 미소만큼이나 신비로웠다. 사실은 활짝 개방시킨 상단의 묘용이지만, 그래도 신기한 것은 신기한 것이다.

"오늘도… 피비린내가 진동을 하겠구나."

"……."

"……."

남궁유청의 말에, 두 여인은 침묵했다. 하지만 각자의 이유가 달랐다. 단문영이 남궁유청의 말에 공감해서 침묵했다면, 무혜는 그 피비린내를 원하고 있기 때문에 침묵했다.

흐음…….

숨을 깊게 들이마셔 지금의 공기, 냄새를 삼키는 무혜. 그리고 그걸 기억해 놓는다. 이제 잠시 후면 이런 공기와 냄새는 못 맡게 될 것이다.

남궁유청이 했던 말처럼 피비린내로 가득 찰 것이다. 지금

이 순간, 무혜가 원하는 바람이기도 하다.

'이제야, 이제야······.'

복수를.

그녀가 그토록, 애타게 기다리던 순간이 왔다.

관평의 복수.

원하고 원하던, 내색은 안 했지만 꿈에서도 그리던··· 그 순간이다. 무혜는 이 순간, 간절한 마음이 들었다.

모든 계략을 짠 것은 자신이지만 그녀가 남궁무원에게 말했듯이, 진인사대천명이다. 뜻을 이루어주는 것은 결국 하늘.

제발 이번엔 하늘이 자신의 편을 들어주길 바랐다.

'관 소협.'

그래야 자신을 구하려다 죽은 관평의 복수를 할 수 있으니 말이다. 무린은 말했다. 구양가. 자신에게 맡기겠다고.

상황은 만들어졌고, 자신은 최선을 다했다. 이제 결과를 확인하는 일만 남았다. 이쪽의 계략이 먹힐지, 저쪽의 계략이 먹힐지.

적군의 군사가 위인지.

아니면 자신이 위인지.

단문영이 빠졌다.

이질독을 하독하기 위해서였다.

차가운 북풍의 바람이 무혜를 등지고 불었다. 무혜의 앞으로, 정확하게 적진으로 부는 풍향이다.

하늘의 도우심인가?

'오늘은……'

이길 것 같다.

바람도 그렇고, 독이 전부 완성된 것도 그렇고.

확신은 아니다만, 어쩐지 이번엔 자신의 승리일거라는 예감이 강하게 들었다. 근래에는 하도 쫓기기만 해서 이런 기분을 단 한 번도 느껴본 적이 없는 무혜였지만 지금은 길림성에서 받았던 느낌을 다시 느끼고 있었다.

다른 게 있다면 그곳에서는 확실한 정보로 인해 승리의 예감을 받았다면, 지금은 막연한 예감이라는 게 달랐다.

근거 없는 예감이라지만 어쩐지 믿음이 갔다.

시각이 지날수록 조금씩 예감은 확신으로 변하고 있었다. 휘이이잉! 정말 때마침 바람이 더욱 강하게 불었다.

무혜의 시선 끝에 머물러 있던 단문영이 검은 주머니를 풀었다. 그녀의 밑으로 바람이 요동을 쳤다.

회오리처럼 휘휘 돌더니 곱게 빻은 밀가루 같은 눈의 입자를 조금씩 빨아올리기 시작했다. 단문영은 그곳에 주머니를 풀어서 부었다.

휘이잉!

순식간에 새하얀 가루가 눈의 입자와 섞이면서 뱅글뱅글

돌기 시작했다. 눈으로 보고도 믿지 못할, 환상에 가까웠다.

'…….'

속으로도 침묵하는 무혜.

사람이 바람을 조종했다.

세상에 기인이사는 많다지만, 이런 건 또 처음 봤다. 무혜
의 눈엔 이 모든 게 그저 놀라울 뿐이었다.

물론 이걸 보여준 적은 있었다.

길림성에서 병사들을 몰살시킬 때.

다만 그때는 이렇게 눈의 입자처럼 눈에 띄는 게 있지 않아
몰랐을 뿐이었다.

주변에 있던 남궁세가의 무인들도 움직임을 멈춘 채 단문
영을 바라봤다. 다시는 못 볼 광경이라는 것을 본능적으로 깨
달은 것 같았다.

결코 믿기지 않는, 초현실이다.

"허어… 상단의 공능은 저런 것까지 가능하구나……."

"……."

남궁유청의 중얼거림에 무혜는 아무런 말도 하질 못했다.
무공에는 거의 문외한이었기 때문이다.

단문영의 모습은 무혜의 눈으로 볼 땐 그저… 신기했고, 그
걸 넘어 신비했다. 그렇게 와 닿았다.

하나.

둘.

셋.

세 개의 가죽 주머니 안의 하얀 가루가 모두 쏟아져 나오고 나서야 휘이잉! 승천하는 바람. 그 후 아무런 일도 없다는 듯이 다시 처음으로 돌아왔다.

"……."

"……."

입도 뻥긋 못하고 그 광경을 지켜보는 둘.

풀썩.

단문영은 그 후 기별도 없이 쓰러졌다.

억…….

순간 놀라 숨을 들이켜는 무혜.

사사삭.

하지만 남궁유청은 곧바로 내달렸다. 직계가 아님에도 하사받은 천리호정의 신법이 남궁유청을 금세 단문영의 곁으로 이동시켜 줬다.

그걸 보고 나서야 무혜도 정신을 차리고 달렸다.

푹푹!

발목까지 뚫고 들어가는 눈밭 때문에 달리는 것도 무혜에게는 여의치 않았다.

혁혁!

그래서인지 금세 숨이 찼다.

정신없이 뛰어 단문영의 곁으로 도착하자 남궁유청은 이미 그녀의 맥을 짚고 있었다. 가만히 눈을 감고 그녀를 살피더니, 이내 다시 눈을 떴다.

"괜찮다. 그저 탈진으로 인한 기절 같아 보이는구나."

"휴우……."

그 말에 안도의 한숨이 자연스레 무혜의 입에서 흘러 나왔다. 순간적으로 그녀가 쓰러지면서 그녀도 가슴이 덜컥 흔들렸다.

하지만 괜찮다고 하니 마음이 놓였다.

"괜찮습니까?"

어느새 중천이 뒤에 다가와 있었다.

"괜찮소. 걱정 마시구려."

"다행입니다. 제가 혜를 지키겠습니다. 그러니 어르신은 단 소저를 부탁드리겠습니다."

"고맙소, 소가주."

남궁유청은 단문영을 안아 들었다.

그리고 바람처럼 내달렸다.

하얀 눈 위에 자그마한 족적이 찍혔다. 전설속의 경지, 답설무흔은 아니지만 그래도 상당한 경지였다.

성인 두 사람의 무게인데 저 정도의 족적밖에 남지 않는걸 보니 말이다. 물론 무혜는 눈치채지 못했다.

하지만 중천은 눈치챘다.

"진일보하셨구나."

"……."

"이제 기다리는 일만 남은 것이냐?"

"예. 단 소저의 독이 먹혔다면 분명 적의 소란이 있을 것입니다. 그러면 이쪽에서 먼저 칩니다."

"걸리지 않으면?"

"그때는 답은 하나뿐입니다. 퇴각. 만약 그런 상황이 오게 되면 비천대는 뒤도 돌아보지 않고 빠질 겁니다."

"……."

후우.

한숨이 흘러나왔다.

독이 먹히지 않아 비천대가 퇴각을 한다고 쳐도, 남궁세가는 그러지 않을 것이다. 그러니 지금으로서는… 그저 무혜가 수립한 계략이 적중하기를 기도하는 수밖에 없었다.

무혜의 눈동자가 전방을 향했다.

이제, 남은 건 남궁현성의 도발.

그가 잘해주기를.

무혜는 그런 생각을 하면서 눈을 감았다.

第百四十二章　구양강일(九陽剛日)

저벅저벅.

뽀드득뽀드득.

눈으로 덮인 지면에 족적이 남는 소리였다.

차분한 걸음걸이로 나간 남궁현성이 멈춘 곳은 대지가 숭
숭 파여 전투가 있었다는 흔적이 가득한 곳이었다.

어제, 소요무쌍전이 벌어졌던 장소. 비천객과 소전신이 목
숨을 걸고 서로 싸웠던 장소. 그 장소에 남궁현성도 멈췄다.

전투의 흔적이 눈에 담기기 시작하자 저절로 걸음이 멈췄
다.

휘이잉!

세찬 북풍의 바람이 등 뒤에서부터 불어왔다. 정말 지긋지긋하게 부는 바람이었다.

'하지만 지금 이 바람에는 감사해야겠지.'

이 바람은, 현재의 전세를 뒤집어줄 바람이었다. 북에서 불어오는 이 바람이 남궁세가에게 승리를 가져다 줄 것이다.

휘이잉.

펄럭!

무복자락이 거칠게 펄럭였다.

풍 맞은 것처럼 정말 거칠게 흔들렸다. 중천은 그 바람을 느끼면서 눈을 감았다. 현재의 상황. 참으로 골 때리는 상황이다.

그렇게 인정하지 않으려고 한 자신인데, 세가의 안위를 위해 자존심을 접다 못해 박살이 나면서까지 천리통혜의 지혜를 빌렸다.

'이미 이길 계책도 머릿속에 있었지. 하하.'

원래는 고개를 숙일 생각은 없었다.

남궁현성은 잘 알고 있다. 자신의 존재 자체가 남궁세가의 자존심 그 자체라는 것을. 그래서 그는 고개를 숙일 생각이 전혀 없었다. 실제로 자신이 가주 위(位)에 오르고 나서도 고개를 숙인 적이 단 한 번도 없었다.

정말 단 한 번도.

고개를 숙이고 금이 간 자존심의 상처는 컸다. 그러나 깨진 자존심만큼 반대로 얻은 대가도 무시 못 할 정도로 컸다.

역전일발(逆戰一髮)의 승부수(勝負手).

정말 말 그대로, 단 한 방의 역전을 노리는 묘수를 무혜는 준비해 왔다. 독이라는 찜찜한 존재가 들어가는 작전이었지만 이미 자존심도 접은 마당이니 독이라고 못 봐줄 것도 없었다.

'지킬 수만 있다면 뭔 짓인들 못할까.'

결코, 절대로.

자신의 대에서 세가가 몰락하게 만들 수는 없는 남궁현성이었다. 얻는 게 있으면 포기해야 하는 것도 간혹 있는 법.

남궁현성은 이번 일을 그런 상황이라고 정의 내렸다. 나 하나 상처받음으로써 세가를 지킬 수 있었다는 것으로 위안 삼았다.

"그럼……."

천리통혜에게 부탁받은 임무를 슬슬 시작해야 할 때였다. 자신이 맡은 임무도 중요한 임무였다. 적진의 군사에게 혼란을 주어야 했으니까.

흐읍…….

숨이 가득, 목을 넘어 폐부로 이동했다. 가득 차는 공기가 든든함을 주었고 그 든든함은 이내 힘, 그 자체가 되었다.

구양강일(九陽剛日)!

찌렁!

우르릉!

뇌성까지 울리면서 천지가 뒤흔들렸다.

정말 어마어마한 내력이 담겨 있는지 순간적으로 그런 착각이 들 정도였다. 단순히 크다, 우렁차다로 정의내릴 수 없는 외침.

천뢰의 내력이 가득 감긴 사자후(獅子吼)였다.

중천의 외침은 한 사람을 겨냥하고 있었다.

현 구양가주, 강일.

이 외침은 반드시 그도 들었을 것이다. 그가 만약 귀거머리라고 할지라도 이 제왕의 외침을 못 들었을 리가 없었다.

남궁현성의 사자후는 귀를 통해 들어가 뇌리 그 자체를 울릴 정도로 강력했기 때문이다. 반응은 곧바로 나왔다.

해가 뜨긴 했을 테지만 사위는 아직도 어둡다. 그러나 남궁현성 정도의 무인에게 이 정도 어둠은 그다지 큰 문제는 아니었다.

무쌍전의 날처럼 완전히 어둠에 싸인 것도 아니었고, 내력의 도움으로 웬만한 사물은 전부 파악이 가능했다.

그런 남궁현성의 시야에 한 인영이 잡혔다.

칠흑에 푹 담갔다 뺀 것처럼 거무튀튀한 무복이 어둠에 휩싸인 것 같은 착시를 일으키게 만들며 천천히 걸어 나오고 있는 사내.

걸음은 느렸다.

결코 서두르지 않는 걸음걸이가 두 사람의 대면을 한참이나 늦어지게 만들었다. 그러나 걸어오고는 있으니 결국은 둘은 만났다.

구양강일(九陽剛日).

당금 구양세가의 가주이자, 구양가 무력서열 일좌를 차지하고 있는 무인이 바로 남궁현성과 마주보고 있는 사내였다. 연배는 비슷했고, 강호에서는 그를 구양가주. 혹은 무진권(武進拳)이라 불렀다. 권공의 고수. 아니, 고수가 아니라 권으로는 절정을 이미 넘어서버린 절대적인 무력의 보유자였다.

강직한 얼굴.

목 뒤에서 두어 차례 묶은 긴 머리.

칠 척 장신.

솥뚜껑을 연상시키는 거칠고 거대한 주먹.

무진권 구양강일의 모습이었다.

그는 남궁현성과 적당한 거리를 잡고 섰다. 공수를 자유자

재로 넘나들 수 있는 거리. 즉, 언제고 일격을 먹일 수 있는
거리였다.

"오랜만이군."

"십 년만인가?"

"얼추 그 정도 되겠지."

"후후."

두 사람의 입에서 나온 말은 서로 안부를 묻는 인사였다.
놀라웠다. 정도일가의 가주와 마도일가의 가주가 아는 사이
라니.

하지만 둘이 친우(親友)사이는 아니었다.

둘은 사실 지금까지 딱 한 번 만났다. 때는 대화에서도 알
수 있듯이 십 년 전이었다. 그때 서로는 우연찮게 마주쳤고
싸웠다.

대결이 아닌 목숨을 걸고 싸웠다.

조우하는 즉시 서로는 서로를 알아봤고, 통성명과 즉시 맞
붙은 것이다. 한쪽은 정도일가의 가주요, 다른 한쪽은 마도일
가의 가주니 당연한 일이었다.

결과는 나지 않았다.

꼬박 한 시진 동안 검과 주먹으로 서로의 요혈을 노렸지만
둘 다 상대에게 치명상을 입히지는 못했다.

그 후 헤어졌다.

남궁현성을 찾으러 나온 창천대의 무인을 구양강일이 느끼고 나서 몸을 뺐기 때문이었다. 그 후로 오늘까지 마주할 기회가 없었다.

"좀 늘었나?"

구양강일이 목을 두둑두둑 소리가 나게 풀며 물었다. 그에 남궁현성은 피식 웃었다. 좀 늘었냐니? 웃기지도 않는 질문이다.

"선물은 잘 받았다. 실제 인피까지 사용하다니… 아주 좋은 선물이었다."

"마음에 들었다니 그거 다행이군. 하하."

그저 웃으며 태연하게 구양강일이 뼈있는 남궁현성의 말에 대답했다. 두둑, 두둑. 이어 그는 주먹을 다시 소리 나게 풀었다.

"그보다, 눈치는 챘나?"

"무얼?"

"후후, 아니지. 예까지 엉덩이 무거운 천하제일가의 가주께서 이렇게 직접 행차하신 걸 보니 눈치는 챘나 보군."

"전면전 말인가?"

별 대수롭지 않다는 듯이 남궁현성이 묻자, 구양강일의 표정이 더욱 진해졌다. 회심의 미소는 아니었다. 비웃는 미소두 아니었다.

그저 재미있어 하는 미소였다.

"대책을 찾았나봐? 이리 여유로운 것을 보니. 나를 불러낸 것은… 시간 끌기인가?"

"머리는 안 좋은 걸로 아는데… 이게 시간 끌기라는 것을 알려준 것은 누구지? 구양가의 군사인가?"

"맞아. 나는 머리가 좋지 못하지. 사람 두들기는 것 빼면 젬병이야. 하하. 하지만 그것만으로도 충분하지. 머리는 다른 놈이 쓰면 되는 거야. 나는 그 머리 쓰는 놈을 조종하면 되는 거고."

피식.

맞는 말이다.

남궁현성은 그 말에 깔끔하게 자신의 생각이 이 눈앞의 구양강일보다 짧았음을 인정했다. 진즉에 책사를 곁에 뒀으면 어제 새벽, 천리통혜에게 그런 치욕은 당하지 않아도 됐었다. 그러나 이미 늦은 후회다.

지나간 시간은 되돌릴 수 없음을 남궁현성은 잘 알았다.

"그보다 나를 불러내다니… 한 판 붙자는 건가?"

"붙자고 하면… 붙을 건가?"

스릉.

남궁현성의 검이 반 정도 뽑혀 나오다가 멈췄다. 위협의 행동이 다분히 섞인 행동. 그러자 구양강일이 피식 웃었다.

남궁현성의 그 행동에 그는 겁은커녕 웃었다. 자신감이었다. 물론, 실력이 뒷받침되는 자신감이었다.

십 년 전에도 둘은 승부를 나누지 못했었다. 정확하게 무승부. 정말 단 일 합도 서로 밀리지 않은 치열한 대결을 펼쳤다.

그렇다면 지금은?

구양강일의 입가의 미소가 딱딱해지기 시작했다. 즐거운 감정은 비워지고, 대신 그 안에 진득한 살기가 담기기 시작했다.

화르르.

마치 타오르는 불꽃.

그것도 검은 불꽃이 일렁이는 것 같았다. 피어오르는 기세를 버티지 못하고 구양강일이 서 있던 자리 주변의 눈이 녹기 시작했다.

패도(覇道).

사악한 기운은 없었다.

다만, 말 그대로 지독한 패기였다. 피부가 따끔거릴 정도. 범인이라면 쏘이는 즉시 기절해 버릴 정도로 짙은 기운에 남궁현성도 기도를 개방했다.

파스스.

구양강일이 일으킨 현상과는 달랐다.

남궁현성의 기도는 바닥에 수북하게 쌓여 있는 눈을 끌어

올렸다. 날아오른 눈이 회오리처럼 남궁현성의 주변을 타고
돌기 시작했다.

　신비로웠다.

　어두운 사위에 맞물려 두 무인의 모습은 몽환적인 분위기
마저 느끼게 만들었다. 하지만 그건 타인의 시선으로 봤을 때
이야기고, 이 두 사람의 등은 지금 긴장으로 인해 땀이 흐르
고 있었다.

　서로가 서로의 무력을 정확히 알고 있다. 조금만 삐끗해도
목이 날아간다. 심장이 부서진다. 이 둘이 보유하고 있는 무
력은 간극이 전혀 없었다. 그러니 긴장을 안 하는 게 이상한
일이다.

　"좋군."

　남궁현성이 한 차례 고개를 끄덕이며 그 말을 내뱉고는, 검
을 그었다. 촤아악! 어느새 뽑혀 나온 창천검(蒼天劍)이 공간
을 갈라 버렸다.

　제왕무적검강(帝王無敵劍剛).

　직계비전인 천하제일을 다투는 검공의 펼쳐졌다. 환상처
럼 이글거리는 푸른 검기가 순식간에 공간을 접어 일도양단
의 기세로 구양강일에게 쏘아졌다.

　슷.

　그러나 구양강일은 그저 몸을 반 돌려세움으로써 그 일검

을 피해냈다.

콰가가가각!

그가 피하고 촌각이 지나기도 전에 검기가 그가 서 있던 공간을 지나갔다. 지나가며 지면을 죄다 긁어 파헤쳤고, 그 결과 눈과 흙이 터지듯이 하늘로 비산했다.

"흥."

짧은 코웃음과 함께 구양강일이 남궁현성에게 쇄도했다. 권을 쓰는지라 당연히 근접전은 굉장히 빨랐다.

순식간에 남궁현성의 지근거리에 도착, 쉭. 짧은 바람 소리를 흘리는 일권을 찔러 넣었다. 주먹은 올곧게 쥐어 그대로 남궁현성의 심장을 향했다.

지극히 평범한 일권.

쩡!

그러나 남궁현성이 그 주먹을 검면으로 후려쳤을 때는 나온 소리는 결코 평범하지 않았다. 주먹과 철이 부딪쳤는데 북이 터지는 소리가 울렸다.

쩡!

쩌정!

쉭쉭쉭!

순식간에 서로 연격을 퍼 붓고, 다시 맞받아친다. 피하고 찌르고 뒤로 피하거나 옆으로 피했다.

그리고 다시 맞붙었다.

내력으로 보호받고 있는 주먹. 그리고 마찬가지로 내력을 가득 두른 검. 극악의 살상 무기들이었다.

파삭!

펄럭이는 남궁현성의 무복자락이 풍화됐다. 정말 말 그대로의 의미처럼 바람에 맞아 삭은 것처럼 흩어졌다.

무진권, 구양강일의 풍뢰(風雷)에 스쳤기 때문이었다.

타다닷.

쉭!

천리호정으로 거리를 벌린 남궁현성이 흩어진 무복의 소매 자락을 힐끗 보고 말했다.

"뇌성이 안 울리는군. 힘을 아끼나?"

피식.

그 말에 거리를 벌리는 남궁현성을 그냥 보고 있던 구양강일이 웃음을 터트렸다. 비웃음이 아니라, 어이없어 나오는 웃음이었다.

"사돈 남 말하는군. 천뢰제왕공은 운공도 하지 않았으면서 나한테 그런 말할 자격이 있나?"

이 두 사람의 특성은 비슷하다.

남궁현성의 주력 검공과 내공은 천뢰제왕신공(天雷帝王神功)에서 나오는 제왕검형(帝王劍形)이다. 거기에 더해 제왕검형을 더한 남궁가 모든 무공이다.

천뢰제왕공의 특성은 내력을 끌어올리면 올릴수록 뇌성을 동반한다는 특징이 있다. 인위적인 우레를 만들기 때문이었다.

하늘의 벼락.

그 벼락을 제왕검형에 담아 뿌리는 게 바로 남궁현성의 검공이다.

마찬가지로 구양강일의 무공 또한 뇌성을 동반한다. 수많은 구양가의 무공 중, 하늘의 벼락을 담은 무공을 자신의 비전무공으로 고른 구양강일이다.

권, 내공, 운신법 전부가 단 하나의 이름에 묶여 있다.

풍뢰(風雷).

바람 풍 자에, 우레 뢰 자.

말 그대로의 의미를 가진 권공이고, 내공심법이며, 운신법이다. 바람처럼 빠르고, 우레처럼 강력한 것.

권은 빠르고, 강력했다.

내력도 마찬가지고, 신법도 바람처럼 빠르다. 거기에 압박을 더한 다음, 권으로 후려친다. 이 풍뢰삼결로 구양가의 당대 가주에 오른 게 바로 구양강일이다.

특성은 비슷하다.

운명인가?

숙적인가?

"진심으로 가도록 하지."

스윽.

남궁현성이 그 말과 함께, 처음으로 자세를 잡았다.

자세를 잡는 남궁현성은 웃었다.

천리통혜가 말한 시간 끌기가 제대로 먹혀가고 있었다. 공수를 주고받기만 하면 시간은 흘러간다.

세상에 절대로 멈출 수 없는 게 있다면 바로 시간.

맡은 임무를 남궁현성은 제대로 해내고 있었다.

아니, 해내고 있다고 생각했다.

"이런, 여기까지."

훌쩍.

몸을 날려 순식간에 거리를 벌리는 구양강일. 그가 다시 입을 열었다. 자세는 완전히 풀어버렸다. 느닷없는 상황이라 남궁현성은 그냥 눈살을 찌푸리는 것 밖에 할 수 있는 게 없었다.

"이 정도면 충분히 놀아줬다고 생각하는데… 아닌가?"

"……."

이쪽의 의도.

애초에 구양강일은 처음부터 알고 있었다. 실제로 대화 중에 나오기도 했었다. 그럼에도 어울려 준 것은… 이유가 있기 때문일 것이다.

"녹슬지 않았군. 좋아. 전면전이 끝나고… 공개 처형 때 보도록 하지."

"……"

공개처형?

누굴.

나를?

감히… 천하제일가의 가주인 나를?

그런 생각에 남궁현성의 온몸으로 분노가 솟구쳐 나왔다. 정제되지 않은 야생의 살기에 가까웠다.

극에 달한 분노가 솟구쳐 나왔다.

'안 돼! 아직 시간이……!'

하지만 그건 의도적인 것.

남궁현성은 지금 일부로 분노의 기세를 뿜고 있었다. 분노에 잡힌 모습을 겉으로 보여주고 있었다.

치기 딱 좋은 먹이로 보이기 위함이었다. 아직, 아직 시간을 더 끌어야 했다. 그게 천리통혜에게 부탁받은 임무.

자존심까지 버려가며 얻은 기회. 그 기회를 살리기 위해 반드시 이뤄져야 했다. 하지만 말했듯이 구양강일은 알고 있었다.

"군사가 얘기했지. 시간 끌기일 것이니 적당히 놀아주고 오라고. 자신도 생각이 필요하니 조금 정도는 상관없다기에 지금 내가 이 자리에 있다. 당신이 물어보지 않았나? 사활을 걸었냐고. 맞아. 걸었다. 그러니 비인의 쓰레기들이 인피를 사용하는 것도 묵인했지."

"……."

그렇게 말하는 구양강일의 입술이 한쪽만 말려 올라갔다. 이번에는 적나라한 비웃음이었다. 상대를 자극하는 웃음.

"목 씻고 기다려라."

"……."

그 말을 끝으로 구양강일의 신형이 뒤로 쭉 미끄러지듯이 사라져갔다. 정말 말 그대로 사라져 갔다.

서 있는 것 같은데, 몸은 멀어져 갔다.

아득히.

"……."

피식.

구양강일이 순식간에 사라지고, 그걸 지켜보고 있던 남궁현성의 입에서 허탈한 웃음이 흘러 나왔다.

왜 안 잡았을까?

못 잡으니 안 잡았다.

둘은 경지가 정말… 거의 한 치 틈도 차이가 없을 정도로 비슷했다. 잠깐 손속을 겨뤄봤지만 그걸 남궁현성은 확실히 느꼈다.

그러니 따라가 봤자 어차피 잡지 못한다. 그리고 따라가면 오히려 위험에 빠질 것이다. 범의 아가리에 머리를 집어넣는 것과 똑같은 행동이었다.

결론은?

우롱당한 것이다.

뻔히 이쪽의 생각을 알면서 그냥 어울려 준 것이다.

놀리려고.

"……."

으득!

이가 갈리고, 입술이 말려들어가 찢겨졌다. 비릿한 피 맛이 혀를 타고, 신경을 통해 뇌 내로 전달됐다. 그랬더니 겨우 끓어오르던 분노가 잠잠히 가신다.

아… 미치겠다.

무혜, 남궁무원과 대화 이후… 되는 게 아무것도 없었다. 뭘 해도 정말 짜증가득한 일만 생긴다.

짜증, 또 짜증.

그냥 짜증, 짜증! 짜증!

그 감정밖에 느껴지지 않았다.

"히히, 히히히히……."

남궁현성은 웃었다.

일부러 웃었다.

안 웃으면, 진짜 꼭지가 돌아버릴 것 같았다. 괜찮아졌다가도 다시 급속도로 기분이 더러워지고 있었다.

분노가 이성을 잠식하고, 천하의 남궁현성의 정신수양을 아주 제대로 방해하고 있었다. 얼마나 열이 받았으면 이런 일이 가능할까?

후우…….

다시 질끈 깨문 입술을 타고 깊은 한숨이 흘러나왔다. 그후 적진을 노려보는 남궁현성.

'다음엔…….'

반드시.

목을 쳐 주겠다고 다짐하는 남궁현성.

오늘 받은 우롱.

되갚아준다.

기필코!

남궁현성은 등을 돌렸다.

불길을 두 눈에 품고, 그는 본진으로 귀환했다.

*　　　*　　　*

그걸 지켜보는 사람이 있었다.

남궁세가.

그 전원이 모든 준비를 맞추고 좀 더 앞으로 나와 남궁현성을, 자신들이 몸담은 세가의 가주를 지켜보고 있었다.

그리고 돌아가는 상황, 분위기로 보아 저 잠깐의 대결에서 승기를 잡은 사람은 자신들의 가주가 아닌 적의 수괴라는 것을 깨달았다.

얼굴이 우울하게 접히는 남궁세가의 무사들.

그러나 그들은 그렇게 얼굴을 굳혔지만, 아무런 감정 없는 냉정함을 보이는 사람도 있었다. 그것도 여인이.

"이거… 힘들지 않겠나?"

"아닙니다. 이제 충분합니다."

중천의 질문에 무혜는 고개를 저었다.

남궁현성이 나가고 바로 단문영이 이질독을 하독했다. 그리고 나서 남궁현성이 구양가의 사람과 잠시 대결을 펼쳤다.

시간으로 따지면 겨우 일다경 정도.

하지만 단문영은 말했다.

일다경이면… 아주 충분하다고.

무혜는 그녀를 믿었다.

"전군, 공격시키십시오."

"……."

중천의 대답이 없다.

반대로 자신을 빤히 바라보고 있는 걸 느꼈다. 그에 무혜는 다시 담담하고, 나직하고, 차가운 목소리로 '명령'을 내렸다.

"지금 당장."

"알았다……."

결국 승복하는 중천. 아마 반신반의했을 것이다. 상황이 이러니 불안, 의심이 드는 것은 당연한 일이다.

하지만 그 때문에 작전을 망칠 수는 없는 법.

이 일은 남궁세가만의 문제가 아니었다.

이 일은 자신과도, 오라버니와도, 비천대와도 관계가 되어 있는 문제였다. 아니, 관계 정도가 아니다.

원과 한으로(怨恨)으로 박혀있다. 그것도 아주 깊게. 반드시 둘 중 하나는 사라져야 끝날 정도로 만장단애 절벽처럼 깊다.

시기(時機)는 왔다.

그러니 머뭇거릴 때가 아니었다.

들어라! 비겁하고 더러운 마도의 무리들을 척결할 때가 왔다. 저들은 지금 중독된 상태이다. 천리통혜의 계(計)가 우리와 함께하니! 두려워하지 말라! 검을 들어라! 전날의 치욕을 되갚아줄 때이다! 옆 동료의 얼굴을 봐라! 의심하지 마라! 적이 원하는 게 바로 동료끼리의 의심! 너희들은 적이 원하는 데로 움직일 것이냐! 대남궁세가의 무사가 겨우 그것 밖에 안 되는 것이냐! 너희들의 우정은! 동료애는 그 정도로 보잘 것 없던 것이냐! 등을 맡겨라! 앞만 보고 돌격해라! 내가 이 자리에서 천명한다! 이 전투에서 우리는 승리할 것이고! 나아갈 것이다! 감히 천하제일가에 도전한 죄인에게 처단의 칼날을 들어라! 동료의 거죽을 벗긴 적에게 응징의 칼날을 들어라! 원통하게 죽어간 동료들을 위해 복수의 칼날을 들어라! 증명해라! 너희들이 대남궁가의 무사임을!

증명의 방법은 단 하나다!

공기가 싸늘하게 가라앉았다.

그 외침 직후 변화하는 공기를 무혜는 느꼈다. 그리고 고개를 끄덕였다. 제대로 된 선동이다. 무인의 자존심과, 천하제일가의 자존감까지 일깨우는 외침은 그 자체로 투기가 되어 승천하기 시작했다.

많이 봐온 장면이다.

하지만 병사의 기세와, 무인의 기세는 역시 뭔가 달랐다. 차이는 분명히 있고, 그 차이점을 무혜는 이 상황에서도 머릿속에 입력시켰다.

무혜는 눈을 감았다.

이제… 피가 흐를 시간.

그녀가 눈을 감자.

중천의 외침이 다시 터졌다.

창궁무애(蒼穹無涯)!
의기천추(義氣千秋)!

직후 거대한 함성이 소요진을 뒤흔들기 시작했다.

『귀환병사』16권에 계속…

현대백수 장편 소설

간웅

FUSION FANTASTIC STORY

뇌성벽력이 치는 어느 날!
고려 황제의 강인번을 들고 있던
어린 병사가 낙뢰를 맞고 쓰러졌다.

하지만…다시 눈을 뜬 이는
현대 대한민국에서 쓸쓸히 죽은
드라마 작가 지망생.

고려 무신 시대의 격변기 속에서 눈을 뜬 회생[回生].
살아남기 위해! 죽지 않기 위해!
그의 행보로 인해 고려는 서서히
변하기 시작하는데……

치세능신 난세간웅(治世能臣 亂世奸雄)!

격동의 무신 시대!
회생, 간웅의 길을 걷다!

Book Publishing CHUNGEORAM

유행이 아닌 자유추구 -
WWW. chungeoram.com

절정고수들이 하늘 높은 줄 모르고 질주하는 현 세상.
서른여덟 개의 세력이 서로를 견제하는 혼돈의 시대.

그 일촉즉발의 무림 속에
첫 발을 디딘 어린 소년.

"나는 네가 점창의 별이 되기를 원한다."

사부와의 약속을 지키고
난세로 빠져드는 천하를 구하기 위해
작은 손이 검을 들었다!

박선우 新무협 판타지 소설 FANTASTIC ORIENTAL HE

풍운사일

Book Publishing CHUNGEORAM

유행이 아닌 자유추구 -
WWW. chungeoram.com

내일을 향해 쏴라

김형석 장편 소설
FUSION FANTASTIC STORY

1만 시간의 법칙!
'성공은 1만 시간의 노력이 만든다' 는 뜻이다.

그러나…
사회복지학과 복학생 수.
전공 실습으로 나간 호스피스 병동에서
미지와 조우하다.

1만 시간의 법칙?
아니, 1분의 법칙!

전무후무한 능력이 수에게 강림하다!
맨주먹 하나로 시작한 수의
인생역전이 시작된다!

Book Publishing CHUNGEORAM

WWW.chungeoram.com

한량 아버지를 뒷바라지하며
호시탐탐 가출을 꿈꾸던 궁외수.

어린 시절 이어진 인연은
그를 세상 밖으로 이끄는데……

"내가 정혼녀 하나 못 지킬 것처럼 보여?"

글자조차 모르는 까막눈이지만,
하늘이 내린 재능과 악마의 심장은
전 무림이 그를 주목하게 한다.

"이 시간 이후 당신에겐 위협 따윈 없는 거요."

무림에 무서운 놈이 나타났다!

Book Publishing CHUNGEORAM

유행이 아닌 자유추구 -
WWW.chungeoram.com